KB114173

딕스전기

FANTASY FRONTIER SPIRIT

봉사 판타지 장편 소설

DIX SAGA

딕스전기 6

봉사 판타지 장편 소설

초판 1쇄 찍은 날 § 2014년 12월 5일
초판 1쇄 펴낸 날 § 2014년 12월 12일

지은이 § 봉사
펴낸이 § 서경석

편집부장 § 권태완
편집책임 § 박용서

펴낸곳 § 도서출판 청어람
등록번호 § 제387-1999-000006호
등록일자 § 1999. 5. 31
어람번호 § 제1-1997호

주소 § 경기도 부천시 원미구 부일로 483번길 40 서경B/D 3F (우) 420-822
전화 § 032-656-4452 팩스 § 032-656-4453
http://www.chungeoram.com
E-mail § chungeorambook@daum.net

© 봉사, 2014

ISBN 979-11-04-90014-3 04810
ISBN 979-11-316-9163-2 (세트)

봉사 판타지 장편 소설

FANTASY FRONTIER SPIRIT

딕스전기

6

DIX SAGA

도서출판 청어람

CONTENTS

DIX SAGA

딕스전기

제1장

딕스, 분노하다!

DIX SAGA

금방이라도 무너질 것 같은 고대 건축물의 입구에는 출입을 금지한다는 낡은 푯말이 위태롭게 서 있었다.

사람들의 발길이 끊어진 지 오래인 아돌의 미궁.

지난 세월의 무게에 짓눌린 미궁은 생의 마지막 숨을 몰아쉬는 노인의 모습을 연상시킨다.

언제 무너져도 하나 이상할 것 같지가 않았다.

후두둑.

"시리우스, 입구를 지켜줘."

적들은 딕스가 미궁으로 진입하면 입구를 붕괴시키려는 계획을 세웠다.

하나 그 일은 이제는 일어날 수가 없게 되었다.

입구의 붕괴를 지시받은 자들이 딕스에게 모조리 죽임을 당했기 때문이다.

문제는 그들이 아니더라도 미궁은 너무 약해서 언제든 붕괴할 수 있다는 점이다.

시리우스가 자리 잡은 것을 확인한 딕스는 미궁 안쪽으로 물의 척후를 파견했다.

허약하기 짝이 없는 미궁이다 보니 놈들도 레이첼을 안쪽 깊은 곳까지 데려다놓지는 못했을 것이다.

'…그랬으면 좋겠는데.'

잠시 후 물의 척후가 존재감을 알려왔다.

반색과 슬픔이 딕스의 얼굴 위로 빠르게 스친다.

그는 곧장 입구를 향해 걸음을 재촉했다.

위태롭게 서 있는 미궁의 벽을 따라서 한참을 걸어간 딕스는 레이첼을 보게 되었다.

수면제를 강제로 복용한 레이첼은 깊은 잠에 빠져 있었다.

잠든 레이첼의 얼굴을 내려다보는 딕스의 눈길엔 아픔과 무거움이 물씬하다.

이미 지옥 문턱을 넘었을 사내가 했던 말이 아직도 딕스의 귓가에 윙윙거리며 맴돈다.

…너의 여자를 보게 되면 넌 분명 참담한 고통을 맛볼 것이다! 잔인한 자여! 크하하하.

떨리는 딕스의 손끝이 레이첼의 볼을 조심스럽게 어루만진다.

더 이상 그녀의 목소리를 듣지 못한다.

제 감정을 풀어놓을 혀를 그녀는 참담하게도 잃어버렸다.

자신의 정조를 지키기 위해서 모질게 제 혀를 끊어가며 맞서 싸운 것이다.

자신에게 남자가 있다고, 사랑하는 사람이 있다고, 소리치고 저항하며 그렇게 제 혀를 끊었다고 했다.

빠드득!

처절한 그 행동이 레이첼의 정조를 지켰단다.

이 말을 사내에게서 전해 들었을 때 딕스는 걷잡을 수 없는 분노와 살의를 느꼈다.

당장 이 일을 사주한 놈의 집으로 쳐들어가고 싶었다.

개미 새끼 하나 남김없이 모조리 짓이겨 버리려 했다.

겨우겨우 그 마음을 억눌렀었다.

'맹세하건대 죽어도 곱게 죽지 못할 것이다, 이아브.'

레이첼에게 껄떡거리다 고자가 된 아브람의 동생, 이아브.

제 형의 복수를 하려는 이아브의 행위는 딕스도 당연하게 여겼다.

딕스가 그의 입장이었더라도 분명 그리했을 테니까.

하지만 놈은 상대와 방법을 잘못 선택했다.

만약 딕스가 이아브와 같은 처지였다면 적에 대해서 꼼꼼하게 알아본 뒤 승산을 따진 후에야 움직였을 것이다.

그런데 놈은 그걸 완전히 무시했다.

그 작은 실수가 어떤 결과가 되어 돌아올지를 딕스는 이아브에게 뼈저리게 가르쳐 줄 생각이었다.

레이첼의 몸이 차가운 바닥에서 딕스의 품속으로 이동한다.

잔뜩 움츠린 레이첼의 볼은 말라 버린 눈물로 얼룩져 있었다.

또한 그간 그녀가 겪어온 심적 고통의 흔적은 메말라서 갈라지고 거칠어진 입술에서 목격한 듯 선연하게 보인다.

이제 저 입술이 나풀거려도 아무런 소리도 나오지 않으리라.

이 생각만 하면 가슴이 찢어지고 미어지는 딕스였다.

저벅저벅.

미궁의 어둠은 그녀에게 어울리지 않는다.

눈물도 그녀에게 어울리지 않는다.

이제 두 번 다시 그녀에게 어둠과 슬픈 눈물이 찾아들지 않게 하리라.

다짐하고 또 다짐하며 한 발 한 발 조심스럽게 걸음을 내딛는 딕스다.

혹시라도 레이첼이 깰까 봐.

그가 지나간 자리. 사랑하는 여자를 지켜주지 못했다는 깊은 자책감이 눈물 자국으로 깊게 남아 있다.

그것은 한 사내의 진한 피눈물이었다.

뚝뚝.

따뜻한 바람과 부드러운 햇살이 여물지 못한 녹음의 대지를 스치고 매만진다.

가지를 길게 뻗은 그림처럼 아름다운 나무 아래.

나무에 등을 기댄 남자의 다리를 벤 채 아름다운 여인이 잠들어 있었다.

남자는 잠든 여인만을 그윽한 눈길로 하염없이 바라보았다.

잠시라도 눈을 떼면 눈앞의 여인이 날아가 버리지 않을까 몹시 두려워하면서.

한 폭의 그림처럼 아름답다.

하나 남자의 얼굴을 보노라면 비극으로 끝난 슬픈 영화의 마지막 장면을 연상케 한다.

남자는 딕스였고, 여자는 레이첼이다.

미궁에서 무사히 빠져나온 딕스는 아름다운 동산에 자리를 잡았다.

아직까지 레이첼은 깨어나지 않았다.

그녀의 코끝에 걸린 실크처럼 부드러운 머리카락이 고른

숨소리를 따라 너울너울 춤을 춘다.

그 모습이 슬퍼 보였다.

울컥.

'미안해, 미안해… 정말 미안해.'

억지로 그녀를 깨우는 방법도 있었지만 딕스는 그러지 않았다.

잠든 레이첼의 얼굴이 조금이라도 일그러졌다면 딕스는 곧장 그녀를 깨웠을 것이다.

그녀는 무슨 꿈을 꾸고 있는지 표정이 편안하고 행복하게 보였다.

그래서 감히 그녀의 꿈을 깨버릴 수가 없었다.

얼마를 그렇게 앉아 있었을까? 미동도 없이 잠만 자던 레이첼이 몸을 움직였다.

길고 아름다운 멋진 레이첼의 속눈썹이 파르르 떨리더니 천천히 위로 올라갔다.

싱그러운 봄의 숲을 닮은 연한 레이첼의 눈동자에서 반가움이 가득 보인다.

그녀는 활짝 웃음 지으며 손을 들어 딕스의 볼을 매만지고 쓰다듬었다.

그녀의 표정은 아직도 꿈속에 있는 것 같았다.

마치 자신이 당한 일을 모르는 듯하다.

하나 그녀의 눈동자를 보면 딱히 그런 것 같지도 않았다.

저 빛나는 눈동자에 담긴 슬픔과 반가움과 안도.

그녀의 눈빛이 딕스의 심장에 세차게 박히고 영혼에 박혔다.

순간 딕스는 숨이 턱턱 막혔다.

금세라도 눈물샘이 터져 버릴 것만 같았다.

'레, 레이첼……'

레이첼은 아까부터 깨어 있었다.

그럼에도 그녀는 내내 자는 척하며 딕스에게 어떤 모습으로 인사할지를 생각했다.

생각의 정리가 끝나자 레이첼은 자연스럽게 잠에서 막 깬 것처럼 행동했다.

가장 멋지고 우아하고 아름다운 모습을 보여주려는 여심의 슬픈 노력이었다.

딕스는 겨우 마음을 추슬렀다.

"뭐냐? 또 예뻐졌군. 아, 곤란한데."

슬프다. 슬픈 게 현실이다.

이걸 인정해 버리면 눈물이 쏟아질 것 같다.

자신이 우는 것은 아무렇지도 않다.

그러나 우는 자신을 보고 레이첼이 가슴 아파할까 봐 가벼운 농담으로 푸념처럼 말한다.

그의 마음을 들여다본 것일까? 레이첼이 활짝 웃었다.

그녀의 커다랗고 맑은 눈동자에 호수 하나가 생겼다.

작은 호수는 점점 커지더니 온 눈을 채우고 밖으로 흘러넘쳤다.

주르륵.

딕스는 레이첼의 눈물을 떨리는 손끝으로 조심스럽게 닦아주었다.

"괜찮아, 괜찮아. 이젠 괜찮아. 내가 옆에 있잖아. 네 옆에… 내가 있어. 그러니까 괜찮아. 다 괜찮아질 거야."

레이첼은 여전히 활짝 웃으며 고개를 끄덕였다.

그러면서도 그녀의 두 눈은 하염없이 눈물을 흘렸고 메마른 입술로 최선을 다해서 웃음 지었다.

힘들어 하는 모습이 보인다.

하지 마. 그러지 마! 그렇게 말해주고 싶었지만 도저히 그 말이 흘러나오지 않는 딕스였다.

멍청한 앵무새처럼 그는 이 한마디만 반복할 뿐이었다.

"괜찮아… 괜찮아… 괜찮아."

레이첼이 양팔로 딕스의 목을 감았다.

그러더니 팔을 제 쪽으로 오므리며 상체를 위로 올렸다.

두 사람의 얼굴이 가까워졌다.

딕스의 입술과 레이첼의 입술이 조심스럽게 만났다.

두 번째 키스, 아니, 입맞춤이다.

첫 번째 입맞춤은 진한 설렘이었다.

두 번째 입맞춤은 진한 눈물이었다.

자신의 혀를 마중 나와야 할 그녀의 혀가 없다.

텅 빈 그녀의 입안.

그 허전함에 딕스는 그만 참고 참았던 눈물을 터뜨리고야 말았다.

그의 눈물을 레이첼의 눈물이 마중했다.

두 사람의 눈물이 만나 바닥으로 떨어진다.

영롱한 젊은 연인의 눈물.

두 사람의 입술이 멀어지고 얼굴이 멀어진다.

그러나 이들의 마음만은 하나로 포개어져서 떨어지지 않았다.

레이첼은 다시 딕스의 다리를 베고 그를 올려다본다.

딕스는 그녀를 내려다보며 젖은 얼굴에 달라붙은 그녀의 머리카락을 조심스럽게 하나씩 떼어낸다.

"이건 눈에 먼지가 들어가서 그런 거야. 알지?"

유치한 표정으로 퉁명하게 말하는 딕스.

그 모습에 레이첼이 고개를 끄덕이며 그의 눈물을 닦아낸다.

서로를 만지는 손길이 참으로 조심스럽고 애처롭다.

"젠장, 엄청 큰 먼지가 들어갔나 보다. 아직도 흐르네. 제길, 이래서 난 봄이 싫다니까."

투덜투덜.

빙긋.

소리 없는 그녀의 미소가 아프다.

"밥 먹을래?"

도리도리.

"물 줄까?"

도리도리.

"그럼… 키스할까?"

끄덕끄덕.

또다시 딕스의 눈물샘이 터졌다.

레이첼의 눈물샘도.

다시 만난 두 얼굴과 두 눈물샘이 어느새 강물이 되어 오랫동안 흐른다.

'레이첼. 내 아픈… 사랑아.'

*   *   *

야니시아 부족의 족장 카티온의 외사촌 아브람.

전도유망했던 이 젊은 전사는 딕스에게 남성을 잃은 후 문밖 출입을 아예 하지 않았다.

상실과 분노와 좌절에 빠진 아브람은 매일 술로 하루를 시작하고 하루를 그렇게 허무하게 끝냈다.

'형 바보'라고 알려진 이아브에게 아브람의 모습은 큰 충격이었다.

분노한 이아브는 암살 조직에 의뢰해서 아브람을 폐인으로 만든 딕스에게 앙갚음을 했다.

　하지만 그 일이 잘못되어 아브람은 깊은 절망과 슬픔과 분노에 몸을 떠는 신세가 되고 말았다.

　새벽녘.

　짙은 안개와 함께 삭막한 얼굴의 한 사내가 이들을 찾아왔다.

　그 사내의 등장과 함께 사람들은 더 깊은 잠에 빠져들었다.

　오직 이아브만이 잠들지 않았다.

　이아브는 저택에서 제일 좋아하는 장소인 정원에 나와 있었다.

　몸이 약한 이아브는 따뜻한 날이면 정원에서 화려한 외향의 육식어 피라니아를 보며 대부분의 시간을 보냈다.

　그 시간이 이아브에게는 가장 평화롭고 행복한 시간이었다.

　그런데 지금 이아브는 자신이 가장 좋아하는 장소에 나와 있었지만 결코 기뻐할 수가 없었다.

　저택의 모든 사람이 연못가에 쌓여 있었다.

　그 옆엔 마법 골렘이 위풍당당하게 버티고 서 있었다.

　저택 곳곳에 있던 사람들을 모조리 끌고 나온 골렘.

　그리고 저 골렘에게 이를 명령한 냉혹한 표정의 남자.

　"이유 따위 묻지 않겠다. 넌 네가 하고 싶은 일을 했을 뿐일 테니까."

아브람의 저택을 안개와 함께 방문한 자는 딕스였다.

딕스는 감정이 전혀 묻어나지 않는 표정과 무미건조한 음성으로 몸을 떨고 있는 이아브에게 차분한 어조로 조곤조곤 말했다.

딕스와 이아브는 동갑이다.

겉모습으로는 딕스가 이아브보다 서너 살은 더 많아 보인다.

이아브의 음성은 파리한 혈색만큼이나 연약하게 떨린다.

"저… 사람들을 어떻게 할 생각이지?"

"난 네가 했던 방식대로 돌려주려는 거뿐이야."

한 무더기의 사람 속에는 이아브의 부모와 형들, 누나와 동생들이 있었다.

임신한 형수도 두 명이나 있었다.

그 외 사람들은 저택에서 일하는 일꾼과 전사들이다.

모두 327명. 그들 전부가 깊이 잠든 채 이 자리에 다 끌려나와 있었다.

이아브는 딕스에게서 강렬한 학살의 향기를 맡았다.

부르르.

"아, 안 돼!"

"피라니아를 좋아한다고 들었다. 화려한 것이 내 취향과는 거리가 멀지만 지금부터 내가 하고자 하는 일엔 딱 들어맞는 녀석들이지."

부르르.

딕스의 무미건조한, 하지만 자세히 들어보면 냉혹한 살심으로 가득 차 있는 그 음성에 이아브가 할 수 있는 일이라곤 고작 사시나무처럼 몸을 떠는 것뿐이었다.

"내가 한 짓이다. 내가 독단으로 한 짓이란 말이다! 그러니까 나만, 나만 죽여라!"

눈물 콧물을 쏟아내며 이아브는 울부짖었다.

제 가족이 산 채로 육식어의 먹잇감으로 전락하려는 순간이다.

친절하고 상냥한 형수들과 곧 태어날 조카들을 기대하며 매일 설레었던 이아브다.

한데 자신의 결정과 행동으로 죄 없는 가족들이 몰살당할 끔찍한 처지에 놓였다.

"나도 그러고 싶은데 선약이 있어서 말이지."

"서, 선약?"

"네가 보낸 암살자들이 죽으면서 너와 네 식솔의 죽음도 함께 원하더군. 난 그들에게 원하는 게 있었고 그들은 이걸 원했지. 이건 그 거래의 결과야. 너의 감상은… 무료다. 하나!"

암살자들과의 선약 따위 딕스에겐 중요하지 않다.

그의 진심은 레이첼의 혀를 가져간 이아브에게 견딜 수 없는 상실감과 고통을 주는 것이다.

목적은 이거 하나였다.

풍덩.

파다다다닥.

시리우스가 연못으로 한 사람을 던졌다.

"이, 이 미친놈아! 그만, 그만해! 악마도 이런 짓은 안 해!"

"난 악마가 아니다. 둘."

풍덩.

또다시 연못이 출렁인다.

육식어는 이른 새벽부터 포식하자 기뻐 난리 친다.

놈들에게 찾아온 만찬은 이제 시작이다.

아직 놈들에겐 성대한 만찬이 325회나 남아 있었다.

"레이첼이 죽었다면… 그녀가 날 볼 수 없는 치욕을 받아 내 눈앞에서 영영 숨어버렸다면… 그랬다면 말이야. 저들은 네 눈앞에서 울고불고 너를 저주하며 하나씩, 하나씩 죽었을 것이다. 셋!"

풍덩.

파다다다다닥.

"으아아아아아아아ー악!"

이아브는 자신의 머리카락을 쥐어뜯으며 괴로워했다.

그는 딕스의 발아래로 기어가서 매달렸다.

제발 자신만 벌해달라고 빌고 빌었다.

딕스는 눈썹 하나 까딱이지 않았다.

그럴 생각이 조금이라도 있었다면 이런 번거로운 짓은 하지 않았을 것이다.

"넷!"

딕스는 넷이라 소리치며 동시에 이아브를 세차게 걷어찼다.

퍼억!

얼굴에 충격을 받은 이아브의 몸이 저만치 나가떨어졌다.

"난 사내새끼가 내 몸 만지는 걸 좋아하지 않아. 다섯!"

계속해서 사람들이 연못으로 던져졌다.

발길질 한 번에 이아브는 정신을 잃었다.

딕스는 기절한 그를 연못 물을 움직여서 강제로 깨웠다.

촤아악!

"네가 실패한 일에 대한 결과다. 네가 감수해야 할 몫이다. 그러니 안 볼 생각은 하지 마라. 여섯!"

풍덩.

파다다다닥.

이아브는 수십 번을 기절했다가 강제로 깨어났다.

그렇게 모든 사람들이 연못에 다 던져졌다.

연못은 마치 핏물로 채워진 듯했다.

절제를 모르는 피라니아는 모두 배가 터진 모습으로 수면으로 떠올랐다.

핏빛 죽음의 연못.

충격을 견디지 못해 정신이 나간 이아브는 연못으로 뛰어들었다.

딕스는 이아브의 행동을 묵묵히 지켜보다가 연못 물로 그의 얼굴을 덮어씌웠다.

제 가족과 고용인들의 피와 살점, 그리고 제 애완동물의 사체에서 흘러나온 액체를 꼴깍꼴깍 마시며 이아브는 배가 터져서 죽었다.

길고 긴 이 행위를 딕스는 눈썹 하나 까딱이지 않고 한 자세를 유지하며 마무리 지었다.

"지옥에서 또 보자, 이아브."

죽음의 연못을 뒤로하며 딕스는 이 말을 남겼다.

마치 이걸로는 성이 차지 않는다는 듯.

아브람 일가족의 몰살이 알려지자 야니시아 부족은 긴장과 불안감으로 들끓었다.

거리마다 병사들이 눈에 불을 켜고 엄중하게 검문검색을 했다.

외지인에 대한 사람들의 경계심도 자연히 높아졌다.

봄은 깊어졌건만 사람들의 마음에는 지독한 어둠과 겨울이 다시 찾아든 것 같았다.

딕스는 말 못하는 레이첼을 위해 수화 선생을 구했다.

그녀와의 소통을 위해서 그는 자신의 수련 시간을 쪼개가며 레이첼과 함께 수화를 배웠다.

뒤늦게 시모나도 수화를 배우는 데 합류했다.

"선생."

"예, 딕스 님."

"똥주바리 주 차뻴까!를 수화로 해보시오."

뜬금없는 딕스의 요구에 다들 멍한 표정이 되어 그를 바라본다.

딕스는 여선생에게 눈에 힘을 주며 강요했다.

여선생은 마지못한 표정으로 딕스의 요구를 수화로 표현했다.

한데 그 모습이 참으로 민망하고… 야했다.

이에 딕스는 헛기침을 여러 번 한 뒤 레이첼과 시모나에게 말했다.

"저딴 건 절대 하면 안 돼."

수화 선생은 졸지에 저딴 걸 하는 저질 인간이 되고 말았다.

사실 웃자고 한 일이다.

여선생에게는 미안했지만.

레이첼과 시모나가 배를 잡고 웃는다.

딕스는 미안한 표정으로 수화 선생에게 말했다.

"미안하오, 수화 선생. 내 그게 그리 민망한 표현이 나올지는… 음, 엄마는 못 걸지만 진심으로 몰랐소. 알았다면 절대 부탁하지 않았을 것이오."

딕스의 말은 새빨간 거짓말이다.

세 사람은 거의 비슷한 시기에 수화를 배웠다.

다른 이들에 비해 딕스가 수화를 배우는 속도는 압도적으로 빨랐다.

이에 놀란 두 사람이 딕스를 천재 보듯 했다.

그러나 이건 딕스가 보이지 않는 곳에서 그만큼 열심히 노력했기에 얻은 결과였다.

'아, 잠 온다.'

딕스는 10시면 어김없이 잠자리에 드는 규칙을 깨면서 새벽까지 수화를 연습했다.

레이첼이 자신과의 대화에 불편을 느낄까 싶어서다.

수화 수업이 끝나자 세 사람은 나란히 식당으로 향했다.

"레이첼, 시모나."

딕스는 레이첼과 시모나를 자신의 여자로 인정했다.

그러다 보니 시모나에 대한 그의 말투도 어느새 자연스럽게 바뀌어 있었다.

시모나는 그의 이러한 변화를 크게 기뻐했다.

그 때문일까? 딕스를 바라보는 시모나의 눈빛은 그 어느 때보다 촉촉하고 고혹적이었으며 달콤했다.

사랑을 받으면 받을수록 점점 아름다워지는 시모나였다.

"예, 딕스 님."

"……?"

"나중에 우리끼리 있을 때 똥주바리 함 해줘."

여신 레이첼과 미녀 시모나.

두 사람을 앞에 세워놓고 말도 안 되는 수화를 하는 모습을 본다면 이보다 더한 진풍경이 또 어디 있을까 싶다.

장난으로 시작했지만 딕스는 기필코 그 모습을 보리라 다짐한다.

유치하지만 또 한 번 레이첼의 웃음을 볼 수 있다면 백 번이고 천 번이고 유치한 인간이 되어도 상관없었다.

열화와 같은 딕스의 요구에 두 사람의 얼굴은 부끄러움에 빨갛게 달아오른다.

"디, 딕스 님, 제발 그것만은……."

주변의 시선을 의식하며 시모나가 떠듬거리며 말했다.

레이첼은 빠른 수화로 봐달라며 애걸했다.

여기서 '그래, 그러자.'라고 순순히 응할 딕스가 아니다.

"나도 똥주바리 해줄게. 나중에 하자. 모두 하는 걸로. 탕탕."

제 남자의 결정에 두 여자는 한숨을 푹푹 내쉬며 어떻게 하면 좀 더 예쁘게 순화시켜서 '똥주바리…'를 보일까 연구한다.

딕스는 두 사람의 표정에서 내심 이를 연구하고 있음을 느낄 수 있었다.

그 모습이 어찌나 예쁘고 또 사랑스러워 보였던지 두 사람을 데리고 한 일 년은 방에 박혀서 나오고 싶지 않을 정도였다.

하지만 자신에겐 반드시 끝내야 할 숙제가 있었다.

그것을 끝내기 전까지 딕스는 두 사람과의 관계에 있어 맛만 살짝 보며 지낼 생각이었다.

'룩센… 내가 널 반드시 죽여야 할 이유가 여기 두 가지나 더 생겼다. 난 절대 너에게 무릎 꿇지 않을 것이다.'

다시 한 번 딕스는 결의를 다진다.

아브람 일가의 몰살 사건은 야니시아를 여전히 뜨겁게 달구고 있었다.

분노한 카티온 족장은 이 사건을 조사하기 위해서 전담 팀을 꾸렸다.

많은 이들이 여기에 동원되었다.

그럼에도 불구하고 범인은 여전히 그 윤곽조차 잡히지 않았다.

흉흉하고 살벌한 분위기는 가실 줄 모른다.

정작 사건을 일으킨 당사자 딕스는 여느 날과 다름없이, 아니, 과장된 측면이 많았지만 어쨌든 이 일과 무관한 사람처럼 지냈다.

하나 그런 그조차 우려하는 자가 딱 한 명 있었다.

바로 전격의 파울이었다.

국경의 요새를 순찰하는 임무를 마치고 돌아온 파울.

평소와 다름없이 딕스는 태연한 미소를 얼굴에 드리우며 그를 맞았다.

"사부, 오셨습니까."

사부이자 이제 자신의 장인이 될 남자.

딕스와 파울의 시작은 좋지 못했지만 지금은 매우 돈독한 관계를 형성하고 있다.

그랬던 관계에 변화가 닥칠지 모를 상황이다.

아브람 일가의 학살 사건은 유래를 찾아볼 수 없을 만큼 잔인하고 악랄했기에.

"제대로 사고 쳤더구나."

파울의 말투는 의외로 무덤덤했다.

"그런 일은 없어야겠지만 그와 같은 일이 또 일어난다면… 제 선택은 똑같을 거예요."

"327명이다. 이아브까지 더하면 328명이군."

"생각보다 많더군요."

"그들만이 아니지."

"암살자 조직까지 다 쓸어버리려고 했는데 하비옷 총관이 미리 손을 썼더군요. 그거, 사부의 지시겠죠?"

딕스는 자신의 행위가 파생시킬 사태에 대해서 잘 알고 있었다.

그런 일이 발생하지 않도록 외부부터 정리한 뒤 아브람의 저택으로 찾아갈 생각이었다.

외부 정리를 하려고 보니 하비옷 총관이 이미 손을 쓴 상태였다.

"팔은 안으로 굽는다는 말이 왜 있겠느냐? 그래도 이번 일은 심했다고 본다. 이아브, 그 아이만 처리해도 좋았을 것을."

말이 328명이다.

그 남녀노소 중엔 임산부까지 포함됐다.

물론 그들은 강력한 수면제에 취해 잠을 자다 변을 당했기 때문에 고통은 느끼지 못했다.

딕스 역시 그들에겐 직접적인 원한이 없었기에 나름 배려한 것이다.

혹시라도 레이첼이 지금보다 더 상태가 안 좋았다면 딕스는 그보다 더 심한 짓을 그들 모두에게 두고두고 저질렀을 터였다.

"저만 공격했다면 그렇게까지는 안 했을 겁니다, 사부."

"독한 놈. 음, 아무튼 밖이 상당히 소란하니 당분간 넌 얌전히 있어야 할 것이다."

"저 원래 조용한 놈입니다, 사부."

파울과 어색해질 수 있는 부분은 예상했던 것보다 손쉽게 넘어갔다.

딕스는 이에 크게 안도했다.

"정말이지, 넌 위험한 십 대다."

"애들이 원래 그렇잖아요."

"쯧, 너 좋을 때만 어린아이가 되는구나."

"사부도 십 대 하세요. 이게 굉장히 유용하게 써먹을 수 있는 빽이더라고요."

한마디도 지지 않고 꼬박꼬박 당당하게 대꾸하는 딕스의 태도에 파울은 두 손 두 발 다 들었다.

사실 파울은 아브람 일가의 사건에 신경 쓰지 않았다.

그보다는 그 일로 인해 아끼는 제자의 심경에 큰 변화가 생기지 않을까 싶어 이를 더 우려했다.

'모름지기 남자란 독해질 땐 한없이 독해져야 한다'라고 생각하는 이가 파울이다.

딕스가 자행한 짓은 독하다는 표현으로도 포장할 수 없는 짓임에도.

"네가 내 친아들이었으면 참 좋았을 텐데."

"사위도 아들입니다. 헤헤."

"잘난 놈."

"제가 좀 그렇죠."

"시모나를 잘 부탁하마."

"제 여잡니다. 제가 알아서 하겠습니다."

"미운 놈."

"제가 좀 다채롭죠. 그런데 일정보다 앞당겨 오신 것 같습니다."

하비옷 총관이 차와 요구르트를 가져온다.

두 사람은 잠시 대화를 끊고 각자의 것을 든다.

그러다 파울이 무슨 생각인지 딕스가 손에 쥔 요구르트와 자신의 차를 바꾸자며 불쑥 내밀었다.

"바꾸자."

"싫은데요."

"이 차는 무척 비싼 것이다. 명품이다."

"압니다. 사부의 고상한 차 사랑을 어찌 제자가 모르겠습니까. 하지만 이건 절대 양보할 수 없습니다."

"왜?"

"시모나가 절 위해서 만들어준 것이거든요."

"끙, 그 아인 원래 요리 안 하는데."

"아버지와 남편이 같습니까?"

딕스의 뻔뻔한 태도에 파울은 할 말을 잃었다.

옆에서 이를 지켜보고 있던 하비옷 총관이 입을 가리며 큭큭거렸다.

파울의 눈총을 받자 하비옷 총관은 급한 일이 있다며 줄행랑을 놓았다.

두 사람은 그 모습에 대소했다.

"곧 네 부모님이 오실 것이다. 그래서 내 일정을 서둘렀다. 그리고 너도 좀 걱정이 되기도 했고."

"…제 걱정은 마세요. 이래 봬도 제 앞가림은 영악하게 잘 합니다."

"알고 있다. 촌구석 꼬맹이의 성공담을 왜 모르겠느냐."

명색이 한 세력의 우두머리다.

그런 파울이 자신의 모든 것을 물려주기로 한 제자에 대해서 어찌 알아보지 않았겠는가.

"남의 뒤나 캐는 거 안 좋은데. 뭐, 사부니까 제가 이해하겠습니다. 저… 사부."

"뭔데 그리 끈적끈적한 눈으로 날 보는 게냐?"

"제가 전에 말씀드렸는지 모르겠는데… 저희 아버지 굉장히 고지식합니다. 그 성격에 제가 레이첼과 시모나를 아내로 삼겠다고 하면 분명히 노발대발하실 겁니다. 제가 다른 건 하나도 안 무서운데 아버지는 조금 무섭거든요."

정말 난처한 표정으로 어깨를 푹 떨어뜨린 딕스의 모습에 파울은 파안대소했다.

"내 너의 아버지와 필히 의형제라도 맺어야 할 것 같구나! 하하하하하."

"사부, 웃을 일이 아닙니다. 진짜 저희 아버지 완전 고지식합니다. 필요하다면 제 가족의 목을 베고 나라와 주군을 위해 전장으로 나갈 사람이 제 아버집니다. 사실 저 같음 그리 안

해요. 전쟁이 불리하다 싶음 가족 데리고 달아나 버리지. 아무튼 그런 사람이니까 사부가 잘 좀 해주세요."

딕스의 말에 파울은 그의 아버지에 대한 호기심이 크게 생겼다.

"그러한 부친 밑에 너 같은 녀석이 태어나다니. 역시 자식은 겉 낳지 속 낳는 게 아니라는 옛말이 딱 들어맞는 말이구나. 그런 의미에서 요구르트랑 차 바꿔 먹자. 내가 한 번도 딸자식이 만든 음식을 먹어본 적이 없구나."

"어쩐지. 알고 바꿔 먹자고 했군요. 거참, 시모나도 너무하네. 어째 아버지를 위해 손수 요리 한 번 안 했답니까?"

"너 지금 내 딸을 불효녀라고 욕하는 것이냐?"

"제가요?"

"그 말투와 그 표정이 그리 말했다."

진지하고 무겁던 주제는 이렇게 가볍게 흘러간다.

딕스는 파울이 변함없이 자신을 믿어준 것에 깊은 고마움을 느꼈다.

그 고마움의 표현으로 딕스는 자신의 요구르트를 파울에게 내밀었다.

"선물입니다, 사부."

파울은 순간 기분이 우울해졌다.

딸자식 낳아봐야 다 소용없었던가?

요구르트를 먹던 파울이 인상을 쓴다.

"이거… 쓰구나."

"아닌데. 단데… 사부 미각이 좀 이상하군요."

"딕스야."

"예."

"내 진심으로 말하마."

"……?"

"너도 내 딸 같은 딸자식 낳았으면 참으로 좋겠구나."

파울의 말이 딕스의 심장에 비수처럼 박힌다.

같은 남자로서, 그리고 미래에 아버지가 될 처지로서…

"태어나서 이렇게 무서운 악담은… 처음이네요, 사부."

레이첼과 시모나는 열심히 꽃단장한다.

자이라의 권역으로 장차 시부모가 될 딕스의 부모님이 들어왔다는 소식을 들었기 때문이다.

철저하게 준비를 했지만 계속 미진한 구석이 자신에게서 보이는 두 사람이다.

잔뜩 굳은 서로의 얼굴을 보고는 그제야 레이첼과 시모나는 웃음을 빵 하고 터뜨렸다.

다정한 두 사람의 모습을 넓은 창턱에 앉은 딕스가 흐뭇하게 본다.

집안의 평화는 여자가 다스린다.

여자 하나도 벅차 헉헉거리는 가장들이 세상에 어디 한둘이던가.

그런 이들에 비해 딕스는 두 배의 위험을 안고 있었다.

두 사람의 모습을 보니 그런 걱정은 없을 듯했다.

"곧 오실 건데 언제까지 화장이랑 옷이랑 씨름할 거야. 저기 산더미처럼 쌓인 옷과 지쳐 나가떨어진 하녀들이 불쌍하지도 않아?"

딕스가 현실을 지적하자 두 사람은 그제야 정신을 차린 듯 주변을 둘러보더니 얼굴을 붉게 물들였다.

두 사람은 아직 처녀다.

저들이 앞으로 결혼 이삼 년 차 유부녀가 된다면 절대 보이지 않을 수줍음이다.

지금 이 순간이 딕스에겐… 봄날이 아닐까 싶다.

수컷은 순간을 정복하지만 암컷은 평생을 다스린다.

이 이치를 깨닫는 순간이 딕스에게도 올 것이다.

남자의 인생에서 진정한 과제가 무엇인지를.

"죄송해요. 딕스 님도 준비를……."

시모나가 말하고 레이첼이 수화로 말한다.

"난 거적때기만 걸쳐도 그림이잖아. 여기서 더 멋 내면 아버지께 욕먹어. 우리 아버지 검소한 걸 좋아하시거든."

무심코 던진 딕스의 이 한마디에 미래 시아버지를 위해서 두 사람은 단장했던 것을 원점으로 돌려 버렸다.

딕스에게 두 여인의 선택은 만행이었다.

"너무하세요. 왜 그런 중요한 말씀을 지금 하시는 거예요. 처음부터 다시 해야 하네."

레이첼도 수화로 시모나의 말을 열심히 거든다.

두 여자의 모습에 딕스는 고개를 설레설레 내저으며 그 방을 나와 버렸다.

더 이상은 피로감을 감당할 수 없어서였다.

"그냥 아무거나 걸치면 되지 뭘 그리 열심인지. 나 참, 이해가 안 되네. 이해가."

"딕스 님."

"아, 바로 천장. 오늘 쫙 빼입었네. 맞선이라도 보나 봐?"

며칠 전부터 파울의 저택은 일꾼들이 청소를 하느라 부산을 떨었다.

그 모든 게 딕스의 부모님을 맞이하기 위한 준비였다.

부모님을 오랜만에 만나게 될 그 아들은 오히려 태평이다.

"귀한 분들이 오시는데 어찌 남루한 모습으로 있겠습니까."

"내 부모님들은 그리 격식을 따지는 분들이 아니신데. 다들 지나치게 부산스럽군."

말은 이리했지만 딕스는 내심 뿌듯했다.

자신을 위해서 모두가 기쁘게 수고해 주는데 어찌 고맙고 기쁘지 않겠는가.

다만 이를 표현하기가 민망해서 괜한 말을 한다.

"죄송합니다."

"죄송하긴. 그보다 사부님은?"

"직접 마중 가신다며 나가셨습니다."

바로의 말에 딕스는 순간 제 귀를 의심했다.

자이라의 상급 부족인 야니시아의 족장이 찾아와도 제 방에서 맞을 위인이 전격의 파울이다.

한데 그런 그가 직접 마중까지 나갔다고 한다.

이는 딕스로서도 전혀 예상하지 못한 상황 전개였다.

'뭐야? 사부도 긴장한 거야?'

딕스가 어찌 알까. 딸자식 가진 아버지의 고달픈 심정을.

제2장

귀국!

 딕스는 아버지의 눈물을 처음으로 보았다.

 강철로 만든 인간처럼 보이던 아버지의 눈에서 그처럼 뜨겁고 맑은 눈물이 흐를 것이라고는 전혀 생각하지 못했다.

 혀를 잃은 레이첼을 향해 기사의 예로 절하던 아버지, 그리고 그런 아버지를 향해 안절부절못하며 급히 맞절하다 바닥에 고인 장래 시아버지의 홍건한 눈물을 보고 그만 울음이 터진 레이첼.

 오랜만의 가족 상봉은 눈물바다가 되어버렸다.

 딕스의 아버지 로버트와 레이첼에 의해서.

 정작 이 자리의 주인공인 딕스는 제삼자로 밀려나 있었다.

그는 한쪽에 떨어져 서 있던 어머니 메들린과 겨우 눈인사만 주고받을 수 있었다.

'내가 아들인데? 흠, 그래도 분위기는 좋구나!'

주인공 자리를 위협받았다, 레이첼에게. 하지만 그녀라서 다 수용한다.

그리고 가장 중요한 점을 딕스는 놓치지 않았다.

전반적인 분위기를 보니 일부다처에 절대 반대할 최대의 난적인 아버지가 순순히 허락해 주실 것 같았다.

장내의 눈물이 진정되었고 격앙된 감정이 가라앉았다.

겨우 자리에 착석한 사람들이 취향에 따라 준비된 음료수를 몇 모금 마신 뒤에야 가족 상봉의 정상적인 경로로 진입한다.

"우리 딕스, 많이 컸구나."

딕스는 자신을 바라보며 웃음 짓는 어머니의 깊은 눈가의 주름에 가슴이 시렸다.

전에 없던 주름은 아니었지만 지금 보니 더 많이 깊어졌으며 어머니의 체구도 예전보다 훨씬 더 작아졌다.

제 자신이 큰 것을 생각하지 못한 딕스였다.

"울 엄마 이제 귀부인 다 됐네. 헤헤."

딕스는 어머니를 끌어안았다.

예전에 그는 어머니의 품에 안겼다.

한데 지금은 어머니를 품에 안을 만큼 컸다.

장성한 자식이 되었다는 것이 좋았지만 한편으론 슬펐다.

자신이 강해지고 커지는 만큼 어머니는 작아지고 늙어가고 있었기 때문이었다.

"딕스."

딕스가 착잡한 기분에 빠져 있는데 그의 아버지 로버트가 그 기분을 확 깬다.

화들짝 놀란 딕스가 어머니의 품에서 벗어나며 아버지를 본다.

"부르셨어요. 헤헤."

"한두 살 먹은 아이더냐. 행동을 조심하거라."

아들이 오랜만에 만난 어머니를 안아주는 게 조심할 일인가? 하지만 어쩌겠는가.

어머니의 남자가 그러지 말라는데. 그 남자가 자신의 아버진데.

"죄송합니다."

사람들은 딕스의 태도에 깜짝 놀랐다.

딕스에 대해 조금이라도 안다고 생각했던 자라면 다들 지금 그의 모습을 눈 비비고 봤을 것이다.

그만큼 오늘 이 자리에서의 딕스는 순종적(?)이었다.

"사내답게 자랐구나. 전격의 파울 님께 모두 들었다. 가는 길은 다르나 전격의 파울 님과 같은 분을 스승으로 모셨음을 삼생의 영광인 줄 알아야 하느니라."

딕스의 눈동자가 재빨리 옆으로 돌아간다.

파울은 근엄한 표정으로 있다가 이 대목에서 씩 웃었다.

그 순간을 놓치지 않은 딕스다.

'저 순진한 아버지를 푹 삶으셨구나!'

딕스의 아버지 로버트는 서열을 굉장히 중시하는 편이다.

그런 로버트에게 마스터 파울은 까마득한 존재였다.

한데 그런 사람이 직접 마중 나와준 것도 모자라 자신의 아들에게 가문의 마나 호흡법의 잘못된 점을 정정해 주었다.

파울은 로버트에게 평생의 은인이 된 셈이었다.

로버트는 파울의 열렬한 추종자가 되어 있었다,

아니, 그의 대변인이 되어 있었다.

"아버지, 여기서는 스승이라고 안 하고 사부라고 합니다."

"그렇구나. 내 실례를 했구나."

잘못은 또 즉각 인정하고 시정하는 사람이 로버트다.

"그리고 저도 사부님이 계셔서 무척 든든합니다. 보잘것없는 절 아들처럼 잘 보살펴 주시고 인생을 살아가는 데 있어 뼈가 되고 살이 될 값진 배움을 아낌없이 베풀어주시니 어찌 그 공을 제가 잊겠습니까. 그걸 잊으면 개나 소보다 못하죠. 참, 그래서 드리는 말씀인데요, 아버지."

"말해보거라."

"사부님의 따님이신 시모나 양과 혼인하기로 했습니다. 아! 당장은 아닙니다. 그리고 아버지 옆에 앉아 있는 레이첼과도 미래를 약속했습니다."

딕스는 아버지의 눈치를 살폈다.

파울은 로버트에게 딕스의 혼인 문제에 대해서는 말하지 않았다.

그저 로버트가 일부다처의 부분에서 반대하지 못하도록 분위기만 조장했다.

현재까지 그 분위기는 대단히 만족스러웠다.

딕스는 이참에 모든 걸 확실하게 해결을 보기 위해서 레이첼, 시모나와의 혼인 문제를 꺼냈다.

매도 먼저 맞아야 속 편하다.

먼저 맞으면 더 아프겠지만 심리적인 안정감은 차라리 더 아픈 게 훨씬 나은 법이다.

편안하게 앉아 있던 파울의 자세가 긴장감으로 살짝 바뀐다.

레이첼과 시모나 역시 크게 긴장한다.

딕스를 대견스럽게 바라보던 메들린은 아들의 선언에 놀란 토끼처럼 두 눈을 동그랗게 뜨며 레이첼과 시모나를 번갈아 보았다.

그녀는 자신의 귀를 의심하는 듯한 표정을 지었다.

자신도 이럴진대 고지식한 남편이라면 분명 불호령을 터뜨리지 않을까 싶었다.

장내의 모든 눈이 로버트를 향했다.

로버트는 딕스에게 단 한마디의 말도 내놓지 않은 채 몸을 돌려 파울을 보았다.

마스터 파울은 자신보다 경지가 낮은 로버트의 눈빛에 움찔했다.

"파울 님."

"예, 경."

"제 아들과 조용히 이야기를 했으면 합니다. 실례인 줄 아나 자리를 마련해 주시겠습니까?"

겉으로 보인 로버트의 표정은 담담했다.

목소리 또한 그 감정을 알아볼 수 없을 만큼 잔잔했다.

사람들은 흔히 놀라고 분노하면 표정이 거칠어지고 목소리가 커진다고 생각한다.

그것은 잘못된 선입견이다.

진실로 화난 사람은 오히려 차분한 모습을 보인다.

지금의 로버트처럼.

딕스는 식은땀을 삐질삐질 흘렸다.

이전 기억이 불쑥 떠올랐기 때문이다.

집안의 사고뭉치 작은 형 마크. 그가 엄청 큰 사고를 쳤을 때 로버트는 지금과 같은 태도로 마크를 두들겨 잡았다.

그 과격함은 마치 아들 하나 없는 셈 치기로 작정한 것 같았다.

이 순간 딕스는 작은 형 마크와 자신의 모습이 겹쳐지는 듯

했다.

'수, 수면 약이 어디 있더라?'

최악의 상황이 닥치면 아버지를 잠재워 버리기로 결심(?)한
딕스다.

효와 생존은 별개의 문제니까.

허둥지둥.

파울의 즉각적인 배려로 로버트와 딕스는 둘만의 자리를
가질 수 있었다.

이 둘이 자리를 옮기려 했을 때 딕스의 어머니 메들린은 사
색이 되어 남의 집에서 실례되는 행동은 하면 안 된다고 로버
트에게 신신당부를 아끼지 않았다.

그러고는 딕스에겐 무조건 아버지에게 잘못했다고, 다시
는 그러지 않겠다는 말을 하라며 애걸하다시피 당부했다.

메들린의 모습에 레이첼과 시모나는 일이 심상치 않음을
깨닫곤 로버트 앞에 엎드려 딕스를 용서해 줄 것을 빌었다.

레이첼의 절박한 수화.

로버트가 어찌 레이첼의 수화를 알겠는가.

그녀의 옆에서 딕스를 용서해 달라 사정하는 시모나의 그
소리와 같은 의미일 것이라 짐작할 뿐.

불행한 일을 겪은 주군의 따님이 이처럼 간절하게 눈물
로 호소하고 무릎을 꿇는데 어찌 로버트라고 담담할 수 있

겠는가.

심적으로 한바탕의 풍랑을 겪은 로버트.

"아들아."

"예, 아버지."

"네 나이가 몇이냐?"

아들의 나이를 물어오는 아버지의 얼굴을 가자미눈으로 재빨리 훔쳐보는 딕스다.

정말 몰라서 묻는 게 아닐 것이다.

딕스는 긴장하며 말했다.

"열일곱입니다."

"내년이면 너도 성인이구나."

"예."

"네 큰형도 일이 년 안에 결혼할 것이다."

생소한 이야기에 딕스는 고개를 갸웃거렸다.

둘째 형이라면 몰라도 큰형이 연애를 하고 결혼을 한다는 것은 상상도 못 했던 일이다.

맞선을 보고 결혼하는 것이라면 또 모를까.

하지만 큰형의 현 처지에 맞선은 가당치도 않다.

그러니 분명 연애일 것이다.

"큰형이요? 작은형이 아니고요? 여자는 누구래요?"

어찌나 놀랐던지 아버지와 단둘이 있게 된 이유까지 까먹은 딕스다.

"헝프 자작님의 따님 리사 영애다."

로버트의 말에 딕스는 굉장히 익숙한 이름이라 느꼈다.

곧 그의 표정이 놀람을 담고 쩍 벌어진다.

"헝프 드 카논 자작님을 말하는 건가요? 이웃 영지의 그 영주님!"

"알고 있느냐?"

딕스는 놀라지 않을 수 없었다.

꿈에서 데일 데 페논에 의해 겁탈당한 뒤 그 수치를 잊지 못해 자결했던 비운의 여인이 헝프 자작의 둘째 딸 리사 드 카논이다.

한데 그 비련의 여인과 큰형이 연인이 되었고 결혼을 약속했단다.

그렇다면 예지몽에서 발생한 그 끔찍한 재앙 같은 사건은 어쩜 큰형과 데일과 리사의 삼각관계가 원인이 아닐까?

데일이 아무리 개망나니라곤 하지만 처음 본 귀족가의 영애를 겁탈할 리 만무하다.

어쩜 데일은 형에 대한 열등감으로 그와 같은 일을 저지른 게 아니었을까?

'정말 깜짝 놀랄 일이구나. 큰형과 리사 양이… 하아.'

딕스는 내심 고개를 내저었다.

장차 사돈이 될 헝프 자작 내외를 상경하는 중에 만났었다.

두 사람에게서 딕스는 좋은 인상을 받았다.

만약 자작 내외에게서 조금이라도 나쁜 인상을 받았다면 딕스는 카논 자작령을 공국의 지도상에서 일찌감치 지워 버렸을 것이다.

안 하길 천만다행이다.

"딕스."

"아, 죄송해요. 제가 잠시 딴 생각을… 그런데 두 사람은 어떻게 만났대요? 참, 그게 아니지. 그 얘길 왜 지금 제게 하시는지?"

큰형의 러브 스토리가 신기하고 놀랍긴 하다만 그건 큰형의 연애사고, 지금 당장은 자신의 연애사가 중요하다.

"어쨌든 집안의 장남이 우선 결혼해야 한다."

"아, 그 말씀은…! 감사합니다. 정말 감사합니다, 아버지."

"고마워할 것 없다. 너는 아느냐. 첩으로 살아가야 할 여자와 그 자식의 삶을. 넌 지금 한 사람의 인생을 크게 망치려 하고 있다. 하아, 너희 세 사람의 뜻이 그처럼 굳건하지 않았다면 내 이 일을 결코 인정하지 않았을 것이다. 하지만… 휴우, 딕스야."

로버트는 현실적인 문제를 거론했다.

아버지에게서 흘러나오는 묵직한 기운에 딕스 역시 표정이 어두워졌다.

리안 부족 연합과 달리 다른 나라들은 일부일처제다.

물론 편법을 사용해 서출을 적자로 둔갑시키는 일은 많다.

하지만 제 자식을 내주는 어미의 심정은 어떻겠는가. 그리고 평생을 첩이란 굴레로 살아가야 할 그 인생은.

"…예."

"레이첼 영애는 내게 주군의 따님이다. 그리고 시모나 양은 가문의 은인이자 네 사부의 따님이다. 아버지는 두 아가씨가 참으로 부담스럽구나."

레이첼과 시모나가 정실과 첩으로 나눠지는 상황이 된다면 확실히 로버트의 입장에서는 난감한 상황일 것이다.

"제가… 두 사람 모두 차별받지 않도록 할 것입니다. 필요하다면 공국도 버릴 생각입니다."

엘리자베스 공주를 생각하면 개인적으로는 진심으로 미안하지만 자신을 믿고 의지하는 두 여자의 일생을 수렁에 빠뜨리면서까지 공국에 머물고 싶은 마음이 딕스에게는 없었다.

이를 상상했음일까?

딕스의 전신에서 칼날처럼 예리한 기운이 태산처럼 일어섰다.

5서클 마법사의 힘과 기운은 결코 평범하지 않다.

실제 딕스의 능력이라면 어느 나라, 어느 세력에 가더라도 크게 환영받을 위치에 있었다.

"이곳을 택할 것이냐?"

딕스는 아버지에게서 불호령이 떨어질 것이라 생각했다.

애국자니까.

로버트의 담담한 태도에 딕스는 순간 얼이 빠져 버리고 말았다.

"화, 화 안내십니까?"

"난 가장으로서는 결격이 많은 남자다. 누구보다 내가 더 잘 안다. 알지만 나를 바꿀 수 없었다. 나의 신념이 내 가족에게 부담을 주었다. 그래서 늘 미안하고 가슴 아팠단다, 딕스야."

딕스는 아버지가 이러한 생각을 가지고 있을 줄은 꿈에도 생각하지 못했다.

전혀 예상을 못 했기에 아버지의 고백에 딕스는 가슴이 먹먹해졌다.

로버트는 가족과 신념 사이에서 끊임없이 갈등했다.

그는 신념을 택했지만 가족이 늘 눈에 밟혀 몰래 가슴으로 울곤 했었다.

가장이란 그 무게… 쇳덩이처럼 단단한 남자라도 눈물을 흘리지 않을 수 없는 노릇이었다.

"…예."

"넌 남자다. 네가 선택한 인생이 곧 너를 믿고 의지하는 아내와 자식들의 미래다. 그래서 난 너의 결정에 간섭할 생각이 없다. 네가 무엇을 선택하든 그건 남자로서, 그리고 한 가정의 가장으로서의 네 몫이기 때문이다. 그리고 난 그런 너를, 내 아들을 존중할 생각이다."

딕스는 아버지에게서 의외의 모습을 많이 보았고 그 충격은 쉽게 가시지 않았다.

얼마의 시간이 흐른 후 딕스가 입을 연다.

물기가 묻은 음성으로.

"믿어주셔서 감사합니다, 아버지."

아브람의 동생 이아브가 레이첼을 납치해 그녀를 불구로 만들었다.

이에 분노한 딕스는 냉혹한 응징을 가했다.

일련의 이 사건은 야니시아 전역을 벌집을 들쑤셔 놓은 듯 시끄럽게 만들었다.

거리마다 흉흉한 분위기로 가득 찼으며 온갖 나쁜 소문들이 퍼져 나갔다.

상황이 이렇다 보니 딕스의 부모님이 오래 머물 형편이 되지 못했다.

꽤나 먼 길을 달려온 부부는 파울의 저택에서 삼 일을 묵은 뒤 다시 말 머리를 돌려 귀국길에 올라야만 했다.

귀국엔 딕스도 동행한다.

"두 사람을 데려가고 싶지만 그럴 수 없어."

딕스는 레이첼과 시모나를 남겨둘 수밖에 없었다.

그녀들을 데려가면 자신은 행복할 것이다.

하나 자신의 행복을 위해 그녀들에게 위험을 감수하게 할 수는 없었다.

딕스의 부모님과 파울은 그의 뜻을 존중했다.

정식으로 결혼식을 올리지 않았고 가정을 꾸리지는 않았지만 그는 이미 한 사람의 가장이었다.

한 집안의 가장이 내린 결정을 부모와 장인이란 입장을 내세워 간섭하는 건 옳지 않다.

어른들이 딕스를 존중해 그 뜻을 꺾지 않은 이유였다.

솔직히 말해서 그는 두 사람과 떨어지기 싫었다.

그러나 닥칠 고비를 뻔히 아는데 그녀들을 데려가는 행위는 사내로서 비겁한 짓이다.

때론 제 혀를 잘라내듯 사랑도, 정도 끊어야 할 때가 있다.

"시모나, 레이첼을 잘 부탁해."

딕스는 시모나의 볼에 살짝 입맞춤을 하며 그녀에게 레이첼을 부탁했다.

"레이첼은 이미 제 자매나 마찬가지예요. 그러니 걱정 마세요. 그리고 하시고자 하는 일 모두 잘되기를 신께 빌게요, 딕스 님."

"모두 다 잘될 거야. 그리고 반드시 널 데리러 올 거야."

시모나를 품에 깊이 안아주는 것으로 자신의 체취를 그녀에게 흠뻑 안겨준 딕스는 이어 레이첼과 작별을 나눈다.

레이첼 앞에 선 딕스는 그녀의 얼굴을 두 손으로 감싼 채 자신의 얼굴로 끌어당겼다.

주변에 사람들이 많았기에 레이첼의 얼굴은 부끄러움으로 빨갛게 달아올랐다.

어쩔 줄 몰라 하는 그녀의 모습에 딕스는 크게 웃었다.

그 웃음에 모두가 쳐다본다.

이에 딕스는 헛기침을 하며 급히 웃음을 날려 버렸다.

"사랑하는 연인의 이별은 은밀한 곳이 좋은데. 이곳은 너무 개방되어 있네, 레이첼."

[네?]

레이첼의 짧은 수화를 눈에 담는다.

그녀의 손을 눈에 담는다.

그녀의 향기를 가슴 깊이 담는다.

"또 다치면 그땐 너부터 가만 안 둘 거야."

좋아하고 사랑하는 만큼 아프다.

이 말이 무슨 뜻인지 딕스는 몰랐었다.

좋아하고 사랑하는데 왜 아프냐? 말이 안 된다! 그렇게 생각했었다.

그랬던 그가 이제는 그 말에 깊이 공감한다.

남자의 사랑은 때론 이기적인 아이 같다.

자신의 방식으로 사랑하고 표현하고 다가가며 받아들인다.

레이첼이 딕스의 두 손을 꼭 움켜잡는다.

그러곤 그의 손으로 얼굴을 가져간다.

따뜻한 그녀의 숨결이 손을 통해서 그의 마음으로 파고든다.

한참을 그리 있던 레이첼이 활짝 웃으며 돌아서서 시모나 곁으로 씩씩하게 걸어갔다.

두 여자가 손을 잡더니 약속이라도 한 듯 동시에 손을 그에게 흔든다.

'정말 미쳐 버릴 만큼 떠나기 싫군.'

억지로 짜낸 웃음을 제 여자들에게 보여준 딕스는 몸을 돌렸다.

저벅저벅.

부모님이 기다리시는 마차 쪽으로 걸어간다.

파울이 다가와 딕스의 어깨를 잡더니 살짝 두드렸다.

"사부."

"우는 것이냐?"

"안 웁니다."

"눈이 충혈됐는데."

"왜 부르셨는데요!"

딕스는 고개를 홱 틀며 퉁명스레 소리쳤다.

이를 묵과할 딕스의 아버지가 아니다.

하지만 지금은 사제지간에 정담(?)을 나누는 것 같아 이를 꾹 누른다.

"이거 받아라."

딕스는 익숙한 모양과 재질의 물체를 보며 고개를 갸웃거렸다.

"이건?"

"용돈이다. 비밀번호는… 남자란 호주머니가 든든해야 하는 법."

딕스는 파울의 선물과 격려에 이루 말할 수 없는 기쁨을 느꼈다.

룩센에게 통장을 빼앗긴 뒤 그 돈을 찾을 생각은 꿈에도 못했다.

그 돈을 건드리면 놈과 자신의 약속은 파기되는 것이다.

그리되면 놈이 언제, 어느 때 달려올지 모른다.

그래서 돈 쓸 일이 있으면 파울이나 하비웃 총관의 옆구리를 살살 찔러 필요한 돈을 받아 썼다.

아마 그러한 자신을 기억하고 파울이 용돈을 주는 것이리라.

"사부."

딕스의 목소리는 감격으로 떨린다.

예전이나 지금이나 딕스는 한 부류의 사람을 매우 좋아한다.

과자 값을 주는 자!

"난 네 사부지 애인이 아니다. 그 눈빛 부담스럽다. 커험."

말은 이리하지만 제자가 기뻐하는 모습에 파울 역시 흡족함을 느꼈다.

"사부가 최곱니다."

"나도 내가 최곤 건 안다. 그리고 조심해라."

"명심할게요. 사부, 제 여자들 잘 부탁합니다."

"그래, 부탁 들어주마. 대신 너도 후일 내 부탁을 무조건 들어줘야 할 것이다."

사부이자 장인이다.

그런 사람이 설마 위험하고 어렵고 더러운 일을 자신에게 시키겠는가!

그런 생각이 들자 딕스는 가슴을 활짝 펴고 당당하게 예! 하고 힘차게 대답했다.

여기엔 앞서 용돈으로 받은 통장이 굉장히 큰 역할을 했다.

딕스는 이 점을 부정할 생각이 없다.

사람은 다 똑같다.

뭐든 하나라도 자신에게 더 퍼주는 분(?)을 편들게 되어 있다.

모두와 작별한 딕스는 마차에 올랐다.

아버지의 근엄한 눈빛과 어머니의 따스한 눈빛을 받으며 딕스는 등받이에 등을 댄다.

창밖에 서 있는 레이첼과 시모나를 한 번 더 볼까 하는 유혹을 느꼈다.

참았다.

그리했다간 애써 먹은 마음이 무너져 버릴 것 같았다.

그는 두 눈을 힘주어 꼭 감아버렸다.

한참을 그리 있었던 것 같은데.

'마차가 왜 출발을 안 해?'

자신의 결심을 무너뜨리려고 마부가 작정한 것일까? 그렇지 않고서야 이십 분은 넘은 것 같은데 마차가 출발을 안 할리 없다.

짜증이 치민 딕스는 눈을 번쩍 떴다.

한데 웬걸, 마차가 바람처럼 시원하게 내달리고 있었다.

"어? 흔들림이… 없네?"

역시 돈이 좋다.

2만 골드짜리 마차는 달라도 확실히 달랐다.

이래서 사람들이 다들 최고급을 찾는 것이다.

귀국하던 길에 딕스는 마도의 탑 은행에 들렀다.

저택을 나선 지 딱 반나절만이다.

파울이 건네준 통장의 잔액이 너무 궁금했기에 도저히 참을 수가 없었다.

마침 은행도 전방에 보였다.

그렇게 두근거리는 마음으로 은행 직원에게 금액을 확인한 딕스는 기절할 뻔했다.

심장을 목구멍 밖으로 토할 뻔했다.

'사부가 그리 부자였었나? 1억 골드라니……'

파울은 딕스에게 자그마치 1억 골드를 내주었다.

말이 1억 골드지 이 금액이면 어지간한 소도시 하나를 건설할 수 있는 돈이다.

그런 거금을 고작 용돈 하라고 쥐어준 파울.

사랑받고 존경받아 마땅한 하늘이 내리신 장인이다.

"딕스, 이것 좀 먹어보렴."

통장의 잔액을 확인한 이후부터 딕스는 며칠째 먹는 게 신통치 않았다.

한창 먹을 나이의 그가 먹는 양이 너무 적자 메들린은 아들의 건강이 걱정되었다.

"나 배 안 고파요, 엄마."

"겨우 그거 먹고 배가 안 고플 리 있니? 왜, 레이첼과 시모나가 보고 싶어 그러니? 그럴 거면 지금이라도 돌아가서 그들을 데려오면 되잖니."

물론 레이첼과 시모나가 보고 싶은 딕스다.

예비 아내들의 영향이 아예 없는 것은 아니다.

하나 이보다 더 큰 이유는 역시…

1억 골드다!

생각지도 못한 어마어마한 돈이 생기자 이상하게 안 먹어도 배가 불렀다.

기분 때문이긴 하나 이리 배가 부른데 음식이 어찌 넘어가겠는가.

이를 그의 어머니 메들린이 오해해 틈만 나면 음식을 권한다.

옆에서 모자의 모습을 보던 로버트는 점잖은 목소리로 한마디 거든다.

"그럴 때일수록 네가 더 힘을 내야 하는 법이다."

걱정 가득한 어머니와 은근히 걱정하는 아버지를 위해 딕스는 억지로 음식을 먹었다.

그제야 딕스 부모님의 표정이 부드럽게 펴진다.

예전과 달리 공국과 연합의 국경 검문 수위가 낮아졌다.

양국이 동맹을 맺었기 때문이다.

이러한 현상은 양국의 무역에도 활기를 불어넣었다.

무사히 국경을 통과한 딕스는 한 장교의 안내로 국경도시 카르시고 시내에 위치한 저택으로 안내됐다.

이곳에서 그는 예상하지 못했던 인물을 보게 되었다.

"고, 공주님!"

엘리자베스 폰 뮬 공주. 그녀가 왕궁이 아닌 국경에 그 모습을 드러냈다.

설마 딕스를 마중하기 위해서? 이보다 더 황송한 일이 또 있을까.

아무튼 공주의 등장은 딕스에게 매우 놀라운 일이 분명하다.

"오랜만이야, 딕스."

여자로서 엘리자베스 공주는 정점을 찍어가는 나이다.

스물한 살의 그녀는 여성적인 매력이 넘쳐흘렀다.

딕스는 그녀에게서 순간 굉장한 성적 매력을 느꼈다.

그러다 곧 자신의 실태를 깨닫곤 정신을 차린다.

"공주님께서 여긴 무슨 일이신가요?"

'설마 하니 자신을 마중하기 위해 왔을 리는 없다!' 라고 딕스는 단정했다.

"왜? 내가 여기 오면 안 되니?"

토라진 듯한 공주의 음성에 딕스는 어색하게 웃으며 손사래 쳤다.

그러다 곧 그는 적당한 화제 전환거리를 찾았다.

"재능의 씨앗은 틔우셨어요?"

엘리자베스 공주는 물의 재능자다.

아직 그 재능을 틔우지 못했다.

견습도 아닌 여전히 재능자에 불과한 엘리자베스.

"내가 일이 많잖아."

"그렇죠. 그래도 수련은 꾸준히 하세요."

"그, 그럴 거야."

엘리자베스 공주의 말투에 약간의 삐침이 보인다.

오늘 그녀는 평소와 다르게 화장을 짙게 했고 옷도 조금은 야하게 입었다.

그에게 예쁘게 보이려고 말이다.

아름답다는 말을 딕스에게서 듣고 싶었다.

그런데 무심한 놈은 전혀 눈치채지 못한다.

여심은 그렇게 무신경한 남자에 의해 상처받았다.

"참, 딕스."

"예."

"이 년 동안 휴가를 달랬던 이유… 여자 때문이었니?"

공주의 얼굴에 섭섭함이 도드라진다.

이에 딕스는 고개를 크게 내저었다.

공주는 부정하는 그의 고갯짓을 믿지 않았다.

증거가 명백했기에.

"레이첼 양, 시모나 양과 사이가 친밀해졌다던데."

"아… 음, 휴우, 사실대로 말씀드릴게요. 제가 이 년간 휴
가를 달라고 했던 건 제삼의 인물 때문이었어요."

딕스의 진지한 음성과 표정은 공주로 하여금 레이첼과 시
모나에 관한 이야기를 더 이상 묻지 못하게 하는 성벽 같은
역할을 했다.

딕스는 쌍마를 움직였던 룩센에 대해서, 그리고 그에게 패
한 정황을 담담하게 공주에게 설명했다.

이 모든 걸 다 전해 들은 공주의 낯빛이 대번에 어두워졌다.

"그자… 천벽의 인물일 거야."

한참의 시간이 흐른 후 공주가 말했다.

"천벽? 룩센이 그곳에 소속된 자인가요?"

"네 말을 들어보니… 무서운 괴물들의 서식지 같구나."

드러난 제국의 전력은 현재도 강력하다.

그런 나라에 5서클 마법사를 무력하게 만드는 이들이 포진한 기관이 있다.

천벽이란 제국의 비밀 기관에 룩센 같은 자가 과연 몇 명이나 더 있는지 현재로썬 알 수 없다.

하나 제국의 천벽이 본격적으로 움직이기 전에 그들을 제거할 필요성이 있음을 공주는 절감했다.

문제는 이 일을 공국 혼자서 해내기에는 벅차다는 것이다.

동맹국 소속 능력자들의 결집.

'하아, 우리 쪽은 내세울 수 있는 사람이… 딕스뿐인데.'

엘리자베스 공주의 눈길은 생각에 깊이 잠겨 있는 딕스를 향한다.

어느 정도 예감은 했지만 룩센이 소속된 기관이 제국 황제의 직속 비밀 기관이란 말은 딕스에게 적잖은 충격이다.

룩센을 제거해서 끝날 상황이 아니다.

놈이 소속된 천벽이란 기관을 먼지로 날려야 한다.

그러나 그 전에 한 가지 의문이 생겼다.

놈들이 왜 재능자를 납치했느냐다.

오랜만에 만난 두 사람은 개인적인 감정을 펼쳐 보지도 못하고 즉시 공적인 일로 빠진다.

그래서일까? 공주의 얼굴에 섭섭함이 유난히 도드라진다.

여전히 공주의 마음을 눈치채지 못하는 딕스였다.

*　　　*　　　*

황제의 비밀 친위대인 천벽은 쉽게 그 꼬리를 드러내지 않았다.

놈들의 그림자라도 볼라치면 공국의 요원들은 어김없이 목숨을 잃고 말았다.

요원들의 희생과 제국과의 마찰을 우려해서 더 이상 천벽에 관해서 조사할 수가 없었다.

그렇게 몇 년의 세월이 흘러 딕스가 천벽에 관한 단서를 가져왔다.

우연인지 필연인지 모를 이 운명의 전령으로 인해 공국은 바짝 긴장했다.

카페니스 제국.

한두 나라의 힘으로는 감히 저항도 못 할 그 강대국에 숨겨진 전략 무기 단체.

이 어찌 소름이 돋고 겁이 나지 않겠는가.

딕스는 자신의 저택으로 돌아와 평화로운 시간을 보냈다.

이는 겉보기일 뿐 그의 내심은 가시방석과 다름없었다.

엘리자베스 공주는 천벽의 일을 동맹국과 비밀리에 논의

하기 위해 특사를 급파했다.

제국을 향한 북부 동맹의 본격적인 견제가 이렇게 시작되었다.

"오랜만이에요, 엔시 아줌마."

본격적인 점심 식사 시간 십 분 전.

훤칠하게 생긴 귀공자가 불쑥 고개를 들이밀며 아는 척을 해오자 엔시는 깜짝 놀랐다.

"뉘, 뉘신지?"

부모도 못 알아볼 만큼 딕스의 외모는 크게 변했다.

이러니 오랜만에 그를 보게 된 엔시가 어찌 알아볼 수 있겠는가.

그녀는 어린 딕스를 위해서 다른 재능자들과 달리 차별화된 양의 음식과 맛난 부위를 챙겨주었었다.

이 때문에 딕스는 그녀를 무척이나 좋아했다.

그때가 생각나 반가움에 자신의 외모를 깜빡 잊고 다가선 딕스다.

그러다 곧 자신의 잘못을 깨닫는다.

"아차, 저 딕스예요. 저 많이 컸죠. 헤헤."

"아, 이 귀여운 웃음소리! 어머나! 정말 딕스 님이세요? 어머나, 모두 이리와 봐! 이분이 딕스 님이래?"

우르르.

곁눈질로 초절정 마초 미남 딕스를 흘끔거리던 구내식당

아줌마들은 엔시의 말에 다들 화들짝 놀라 달려왔다.

딕스를 위아래로 훑어 내려가는 아줌마들의 얼굴엔 경이로움이 가득했다.

대차게 관람용 미남이 되어준 딕스는 그제야 사람들의 눈에서 해방을 맞았다.

"어머나, 죄송해요, 딕스님. 너무 놀란 바람에 제가 호들갑을……."

"자주 겪는 일이라 이젠 아무렇지도 않아요."

너무 잘난 것도 이리 피곤할 줄이야. 이럴 줄 알았으면 적당히 잘날걸! 내심 망언을 거침없이 지껄이는 딕스다.

그나마 그에게도 양심이란 놈이 있어 이를 입 밖으로 내뱉지는 않는다.

딕스의 매력에서 아직도 헤어 나오지 못한 엔시는 얼굴에 여전히 멍한 표정을 담고 있었다.

"장기 휴가를 갔다고 들었는데. 이제 돌아오셨어요?"

"삼 일 전에 왔어요. 집에서 좀 쉬다가 오늘 첫 출근이에요."

"호호, 마법부가 딕스 님 때문에 훤해지겠어요. 식사하러 오셨어요?"

"예, 듬뿍 주세요. 헤헤."

딕스의 외모는 크게 바뀌었지만 겸손하고 살가운 그 태도는 예전과 전혀 바뀌지 않았다.

엔시는 그 모습이 좋아 보였다.

어릴 때부터 딕스는 궁에서 허드렛일 하는 사람들에게 평판이 좋았다.

다른 재능자들은 이전의 제 신분을 잊고 일꾼들을 업신여기거나 깔보거나 무시했다.

그런 이들에 비해 딕스는 아들처럼, 동생처럼 상대의 귀천을 따지지 않고 서슴없이 다가갔다.

아랫사람들에게 구축된 딕스의 평판은 그가 왕궁에서 생활하는 데 큰 도움을 주었다.

엘리자베스 공주나 재상 등이 바로 이러한 딕스의 평판에 영향을 받은 대표적인 인물들이다.

"잠시 기다리세요."

엔시는 딕스의 식판을 들고 주방 한쪽으로 사라졌다가 잠시 후 나타났다.

아무도 없는 주변을 두리번거리며 조금은 긴장된 목소리로 그녀는 '비밀이에요!' 라고 말했다.

"고마워요, 엔시 아줌마. 참, 아드님이 행정 관리 시험 친다고 예전에 말하지 않았어요? 붙었나요?"

"추천인이… 없어서 내리 두 번을 낙방했답니다. 올해가 마지막인데 저희 형편에 높으신 분들 추천은 받기 힘들어서. 에휴."

엔시의 푸념에 딕스가 그녀의 손을 덥석 잡는다.

딕스의 행동에 엔시가 깜짝 놀라 그를 본다.

"제가 추천해 드릴게요. 뭐, 일개 재능자에 불과하지만 저라도 괜찮으시면 해드릴까요?"

부모를 보면 자식을 알 수 있고 자식을 보면 또 그 부모에 대해서도 알 수 있다.

엔시는 아무리 힘들어도 늘 웃음과 여유를 잃지 않았다.

또한 맡은 일은 꼼꼼히 해내어 빈틈이 없다.

이를 알기에 딕스는 그녀를 믿고 추천서를 써줄 생각이었다.

딕스의 추천서는 그 자체가 합격 도장이다.

엔시가 어찌 이를 알리요.

"딕스 님, 고마워요. 정말 고마워요."

눈물까지 글썽이며 기뻐하는 엔시를 보자 딕스도 덩달아 기분이 좋아졌다.

"제가 엔시 아줌마에게 얻어먹은 밥이 몇 낀데요. 하하하."

사내답게 호탕하게 웃어준 딕스는 창가 쪽 자리로 가려고 걸음을 옮기려 했다.

그때 입구에서 귀에 익은 목소리가 날아들었다.

'코론, 바이트, 페일… 리디아 선배!'

캐넌 드 보리치!

마법부의 무법자였던 그에게서 자신을 지키려고 노력해

주었던 선배들이다.

삶이 고달프고 바빠 잠시 이들을 잊고 있었다.

선배들의 모습이 정겹게 눈에 들어오는 딕스다.

다들 이들과 마찬가지로 딕스의 선배들 역시 그를 알아보지 못한다.

"사람을 그리 빤히 쳐다보면 실례인 걸 모르오?"

코론이 나름 점잖게 딕스를 나무란다.

코론도 이제 이십 대 중반을 훌쩍 넘어 후반으로 달려가는 나이가 되었다.

역시 세월의 흐름은 주변을 통해서 깨닫게 된다.

"내가 왜 댁을 보겠소. 그 옆에 계신 아리따운 레이디를 봤을 뿐이오."

자신을 알아보지 못하는 선배들의 모습에 딕스는 장난기가 동했다.

물의 재능자 중 유일한 여성인 리디아.

새침한 성격 탓에 그녀는 낯가림이 굉장히 심했다.

반면 친한 사람들에겐 쾌활하고 인정까지 넘친다.

예전에 딕스가 집을 살 때 그녀는 자청해서 보증까지 서 주었다.

딕스는 이런 그녀를 속으로 '집안 말아먹을 여자군!' 이라고 했지만.

얼굴을 살짝 붉히며 몸을 꼬는 리디아다.

이를 본 코론의 두 눈에 질투의 불길이 확 타오른다.

"경호 부서에 새로 온 기사 같은데. 우린 재능자… 어, 그 관복은?"

딕스의 외모에 주목했지 그가 입고 있는 옷은 보지 못했던 코론의 얼굴에 의아함이 떠오른다.

딕스가 입고 있는 옷은 물의 재능자를 상징하는 푸른 관복이다.

이 관복을 입을 수 있는 자들은 현재 다섯 명뿐이다.

그중 딕스는 장기 휴가 중이라 제외. 그러니 궁내에서 이를 입을 수 있는 자는 여기에 모인 네 사람이 전부다.

한데 낯선 자가 물의 관복을 입고 있었다.

신입 물의 재능자가 들어오지 않은 이상 이는 있을 수 없는 일이다.

근래 딕스를 빼면 신입 물의 재능자는 한 명도 없었다.

삼남일녀의 얼굴에 의혹이 가득하다.

딕스는 여기서 더 놀렸다간 후환이 있을 것 같아 장난을 거두었다.

"선배들도 절 못 알아보는 거 보면 확실히 제가 변하긴 했나 봐요. 헤헤. 코론 선배, 바이트 선배, 페일 선배, 리디아 선배! 딕스, 절세 미남이 되어 돌아왔습니다. 으하하하하."

쌍 브이(V)를 만들며.

선배들과의 화기애애한 점심을 끝낸 딕스는 추억을 회상하며 마법부 여기저기를 거닐었다.

딕스에 대한 소문이 이미 왕궁에 파다하게 퍼졌다.

긴가민가한 자들이 조심스럽게 다가와 딕스에게 먼저 인사를 건넸다.

왕궁에 일하는 자들이 어디 한둘인가? 이러니 어찌 사람들의 이름을 일일이 다 외우겠는가.

하지만 이럴 땐 웃으며 얼버무리면 된다.

그럼 알아서 다들 자신의 신상 명세를 줄줄 말한다.

그렇게 모든 사람들과 싫은 기색 한 번 내비치지 않고 일일이 인사한 딕스는 한적한 수련장 호수로 왔다.

이곳은 다른 곳과 달리 여전히 조용한 곳이다.

"여긴 그대로군."

마치 백발노인이 되어 휑한 고향 집 터에 서 있는 기분이랄까? 딕스는 그러한 기분에 빠져들었다.

딕스는 주변을 둘러보았다.

이곳에서 견습 마법사가 되기 위해 사력을 다해 노력했다.

그 결실을 이곳에서 얻었다.

반짝이는 잔잔한 호수를 향해 딕스가 팔을 뻗었다.

그러곤 장난치듯 가볍게 손을 휘저었다.

그의 손길에 따라 수면이 출렁이더니 물줄기가 힘찬 분수처럼 솟구쳤다.

물줄기의 숫자는 점점 늘어났다.

어느새 물줄기의 숫자는 수십 개가 되었다.

물줄기 하나의 굵기가 성인 남자의 허리 두께다.

하나의 물줄기를 조정하는 것도 힘든 일인데 딕스는 무려 수십 개의 물줄기를 아무렇지도 않게 자기가 하고 싶은 대로 움직였다.

이 모습을 그의 선배들이 보았다면 그 자리에서 게거품을 물고 기절했으리라.

"짝짝짝."

박수 소리가 날아든다.

물의 척후를 늘 가동하고 다니는 딕스다.

그런 그에게 박수를 치며 걸어오는 사람의 존재감은 벌써부터 포착됐다.

그럼에도 물줄기 쇼를 멈추지 않았다.

즉 상대에게 이를 보여도 상관없다는 의미다.

모든 물줄기가 흩어져 호수 전체를 덮더니 그 속으로 소리없이 빨려 들어간다.

호수는 잔 파문 하나 없다.

"패트릭 기사님, 오랜만이에요."

패트릭과 딕스는 의형제를 맺었으나 여전히 격식을 차리고 서로를 대했다.

"딕스 경, 오랜만이네. 지금 궁 안이 경에 대한 이야기로 온통 난리더군. 하하."

"제가 들어 기분 좋은 이야기들이겠죠?"

"그럴걸세."

"하하, 형수님과 조카는 잘 있죠? 언제 한번 찾아뵤야 하는데."

"언제든 오게. 경이라면 우리 가족 모두 환영하이."

널찍한 바위에 두 사람은 앉았다.

"천벽에 대한 조사를 패트릭 기사님이 하셨다고 들었습니다."

"그랬지. 자칫 그 일로 목숨을 잃어버릴 뻔했었지."

과거를 회상하는 패트릭의 얼굴이 잔뜩 굳어진다.

조국의 어린 인재들이 외국인의 손에 납치되었다.

이를 알고도 두 손 놓고 바라보는 심정은 몹시 참담했었다.

이제 그 사건이 다시 조명받기 시작했다.

비록 아직은 비공식적이지만.

상대가 제국인 것을 알고 있는 패트릭 입장에선 이번 일에 촉각을 바짝 곤두세우고 있었다.

공주가 구상하던 북부 5자 동맹은 헥센 왕국의 불안한 내정으로 인해 차일피일 미뤄졌다.

북부의 나라들이 제국과 국교를 단절할 시 헥센은 연합에 지리적으로 매우 중요하다.

헥센 왕국은 대륙 중부와 남부를 잇는 중요한 통로이기 때문이다.

한데 제국과 등을 돌리게 되면 그중 하나의 통로가 막히게
된다.

그러니 헥센은 북부 4국에 반드시 필요한 동맹이 될 수밖
에 없었다.

'패트릭 기사님은 정말 운이 좋으십니다.'

룩센을 만나기 전이라면 딕스는 이리 생각하지 않았을 것
이다.

천벽이란 곳에 룩센과 같은 자들이 한둘이 아니라면…

생각만 해도 소름이 돋는 딕스다.

묵묵히 딕스는 고개만 끄덕였다.

패트릭이 말을 이어나간다.

"경도 알겠지만 공주님은 천벽의 대항마로 동맹국의 기사
와 마법사로 구성된 저격단을 만드실 생각이네. 이를 위해 특
사들이 각 동맹국으로 출발했지. 천벽에 대해서 동맹국들이
알게 된다면 필히 공주님의 뜻에 동참할걸세. 문제는 헥센 왕
국이네. 헥센의 불안한 내정에 제국이 개입했다는 첩보를 입
수했네. 돌아온 지 얼마 안 된 경에게 이런 말을 해서 미안한
데."

"헥센으로… 가라는 말씀이군요."

"당장은 아닐세. 싱그로아, 리안, 아리온스로부터 연락이
온 뒤에야 확실히 결정 날 것이네. 하지만 돌아가는 상황을

볼 때 경이 움직일 수밖에 없을걸세. 경이 공국의 유일한…

초인이니까."

귀환한 딕스는 공주와 예전처럼 서슴없이 만날 수 없었다.

공주와 싱그로아의 국왕 안소니와의 결혼을 찬성하는 영주와 귀족들이 많기 때문이다.

공주의 정책은 영주와 귀족들의 이익을 침해하는 부분이 많았다.

백성들은 공주의 정책을 크게 기뻐했지만 자신의 이익이 침해당한 귀족들에게 공주는 눈엣가시였다.

그렇다고 이를 드러내 놓기에는 역모가 제압된 지 얼마 안 된 상황이었다.

괜히 말 한마디 잘못했다간 가문의 멸문으로 이어질 수 있었다.

이 때문에 꾹 참고 있었던 자들에게 안소니 국왕의 청혼은 숨통을 틔워주는 대안으로 비쳤다.

공주 본인이 청혼을 단호하게 거절했음에도 여전히 현재 진행형인 이유가 바로 여기에 있었다.

이런 상황에 딕스가 공주와 가까이 지내면 그 모든 화살이 그에게로 쏟아질 공산이 컸다.

아직은 드러나선 안 될 비장의 카드가 딕스였다.

패트릭이 전면에 나서는 이유가 바로 여기에 있었다.

'이참에 주제도 모르고 까부는 영주들이랑 귀족들 다 제거

해 버리면 안 되나? 역적이라 선포하면 될 텐데.'

만약 칼자루가 딕스의 손에 쥐어졌다면 그는 가차 없이 반대파를 싹 쓸어버렸을 것이다.

공국의 전력이 반 토막이 나서 동맹국들에겐 약하고 불안한 동반자로 비춰지겠지만.

뭐, 이건 책임 있는 자리에 앉지 않은 딕스의 개인적인 생각일 뿐이다.

제3장

데이트

카페니스 제국은 오랫동안 사이가 좋지 않았던 남부의 강국 테일리 왕국과 국혼을 맺었다.

이로 인해 그 주변국들이 크게 긴장했다.

이 소식은 곧장 북부에도 날아들었다.

천벽이라는 가공할 단체를 보유한 제국의 저력에 긴장하고 있던 북부 동맹 입장에서 이 사건은 우려스러운 일이 아닐 수 없었다.

이제 헥센 왕국의 입맹이 그 어느 때보다 시급하고 간절한 상황이 되었다.

"공주님… 공주님."

"아! 스칼렛, 언제 왔어?"

대륙 전도를 바라보며 고심하고 있던 엘리자베스 공주는 수호 기사 스칼렛이 들어온 것도 모르고 있다가 그녀가 앞에서 인기척을 내자 그제야 정신을 차렸다.

피곤함이 역력한 공주의 얼굴에 노심초사가 역력하다.

"무리하지 마십시오."

사무적인 스칼렛의 말투였으나 그 눈빛은 공주를 진심으로 걱정하고 있었다.

"스칼렛을 또 걱정시켰네. 미안."

공주는 과장되게 웃었고 과장되게 기지개를 폈다.

밤새 굳어 있던 공주의 관절이 우두둑 소리를 내며 그제야 풀린다.

스칼렛이 공주의 뒤로 돌아가 그녀의 목과 어깨를 부드럽게 안마해 준다.

공주는 그녀의 손길에 몸을 내맡겼다.

익숙한 듯.

"그의 안위를 걱정하시어 노심초사하심을 곁에서 지켜보았습니다. 이제 그 마음을 내려놓으십시오."

노곤함에 몸을 맡기고 있던 공주는 스칼렛의 이 말에 뒤로 고개를 돌린다.

공주의 눈가에 쓸쓸함과 안타까움이 피어오른다.

"그는 그간 큰 어려움을 겪었어. 그럼에도 단 한 번도 불평

과 불만을 토로하지 않았지. 그의 공을 생각하면 나의 보상이
란 너무 조악하고 남루했어. 그리고 이번 일은 그에게도 지나
치게 위험해."

리안 부족 연합과 아리온스를 화해시켜 동맹에 끌어들이
려는 일에 공주는 딕스를 대동했다.

그녀는 자신의 계획을 맹신했기에 그를 데려가도 그에겐
아무런 위험이 없을 것이라 생각했다.

아니, 오히려 자신이 그를 보호하는 입장이라고 믿었다.

하지만 웬걸, 그가 자신의 목숨을 몇 번이나 지켜주었다.

그렇게 몇 년이 훌쩍 흘러 지금은 몸과 마음이 자꾸만 그에
게 쏠렸고, 의지하려는 자신을 발견하게 되었다.

그러지 말아야지 하면서도 그를 생각하면 모든 걸 내려놓
고 싶었다.

공주로서의 지위와 왕실과 공국의 안녕조차 말이다.

그녀는 사랑이란 이름으로 딕스의 마음을 독차지했으면
하고 소망했다.

그에게 여자가 있다는 말을 들었을 때 하늘이 무너지는 것
같았고 섭섭함이 숨통을 막는 듯했다.

지독한 배신감을 느꼈다.

가슴이 몹시 아팠다.

영혼이 마치 불구덩이에 들어간 듯 크게 괴로웠다.

당장 달려가서 자신의 모든 감정을 그에게 다 퍼부어 버리

고 싶었다.

차마 공주는 그러질 못했다.

자신이 짊어지고 있는 거대한 운명을 벗어놓을 수 없었기 때문이었다.

공주의 모든 것을 옆에서 지켜본 이가 스칼렛이다.

공주가 안쓰러웠지만 스칼렛은 냉정한 태도로 그녀에게 현실을 말한다.

"북부 동맹이 군사와 물자를 헥센의 사왕자에게 지원한다면 제국 역시 이를 명분으로 삼아 이왕자를 지원할 것입니다. 제국은 지금 남부의 강국 테일리 왕국과 국혼을 성사시켰습니다. 하지만 그 주변엔 아직 제국을 두려워하고 경계하는 나라들이 많습니다. 제국은 이왕자가 헥센을 통치하길 원합니다. 그들의 바람이 이루어지면 공주님께서 바라신 북부 5자 동맹의 한 축이 무너지게 됩니다. 이는 공주님이 가장 우려하신 일입니다. 부디 마음을 냉정하게 하십시오."

비수 같은 스칼렛의 말에 공주는 입술을 깨물었다.

공주의 손이 대륙 전도를 향했다.

그녀는 뮬의 자주독립을 꿈꾸었다.

제국의 신하국이 아닌 당당한 왕국으로 뮬이 거듭나기를 바랐다.

매년 제국에 바치는 막대한 조공으로 도탄에 빠진 공국의 재정과 이를 감당해야만 했던 백성들의 피폐한 삶이 바뀌길 원했다.

제 잇속만 챙기기에 급급한 어리석은 귀족과 영주들이 얄미웠다.

그래서 스스로를 던져 대업의 초석이 되려 했다.

그렇게 모든 걸 차근차근 이루어갔다.

그런데 딕스를 만나면서 공주는 자신도 사랑받고 보호받길 원하는 나약한 여자라는 것을 알게 되었다.

부정할수록 커져 가는 감정이었고 외면할수록 서글픔이 걷잡을 수 없이 커져만 갔다.

"리안 부족 연합 때와 같은 방법으로 제국은 헥센에 마인을 파견하겠지. 그리고 그 배후에 천벽이 있을 테고. 그래서… 그래서 딕스를 보낼 수 없다는 거야."

공주는 딕스에게서 전에 없던 두려움과 초조감을 볼 수 있었다.

그와 함께 몬스터 떼에 둘러싸여도 보았고 마스터의 코앞에서 도망도 쳐보았다.

단언하건대 그 상황에서도 딕스는 두려움과 초조감을 내비치지 않았다.

당사자는 아니라고 하겠지만.

한데 룩센이란 자를 언급할 때의 딕스에게서 공주는 분노와 오기에 가려진 그의 두려움을 보았다.

그런 그에게, 싸울 준비에 박차를 가하고 있는 그에게 헥센으로 가달라는 말이 차마 떨어지지 않았다.

그를 대체할 방안을 찾기 위해서 공주는 최선을 다했다.

그럼에도 불구하고 그녀는 방법을 찾아낼 수 없었다.

"…공주님."

"하아, 스칼렛, 나 피곤하네. 딱 두 시간만 잘 테니까 꼭 깨워줘."

공주는 두 눈을 꼭 감은 채 의자에 기댔다.

스칼렛은 공주의 그늘진 얼굴을 잠시 내려다본 후 깊은 한숨과 함께 뒤로 물러나선 석상처럼 그녀를 지켰다.

귀국 후에도 딕스의 일과는 변함이 없었다.

매일 새벽 4시에 기상해 저택을 뛰었고 휴식과 식사를 끝낸 후 수련과 연구에 들어갔다.

단순하고 반복적인 그의 일상은 견고한 벽과 같아서 바늘 하나 들어갈 틈이 없었다.

이처럼 완벽한 생활을 하던 딕스는 오늘 하루 그 일정을 포기해야 할 상황에 직면했다.

"이 아침에 공주님이 웬일이세요?"

엘리자베스 공주가 미복 차림으로 딕스의 저택을 방문했다.

그 얼굴을 보니 전날과 달리 무척 수척하다.

그녀의 정체를 아는 자는 이 저택에 딕스와 젤뿐이다.

저택의 일꾼들은 아름다운 젊은 여인이 아침부터 자신들의 젊은 주인을 찾아온 일에 굉장한 흥미를 드러냈다.

저택의 눈과 귀가 모두 여기로 모여들었다.

"소풍 가자."

스물한 살이나 먹은 아가씨가 십 대 초반의 발랄함을 보이며 응석을 부린다.

그녀에게도 휴식이 필요할 것이다.

그도 귀가 있었기에 요즘 공주가 어찌 지내는지 들어 알고 있었다.

그에게도 하루하루가 무척이나 소중했지만 공주 역시 딕스에게는 소중한 사람이었다.

뭐랄까? 첫사랑 같은 느낌이다.

"뭐야, 그 표정은? 내가 이상해 보여?"

안쓰럽게 쳐다본 것이 화근이었나 보다.

저 눈치 빠른 공주님이 이를 모를 리 없다.

딕스는 표정을 급히 바꾸었다.

이미 들켰지만 자신이 아니라고 우기면 그만이다.

"아, 아뇨, 공주……."

"오늘만큼은 날 베스라고 불러."

한동안 딕스는 그녀를 베스 누나라고 불렀었다.

이젠 기억에서도 가물거리는 그 이름을 오랜만에 공주의 입에서 듣게 되자 딕스는 감흥이 새로웠다.

격렬했던 사춘기의 순간에 공주가 옆에 있었다.

한 지붕─천막─에서 같이 자고 먹고 이야기를 나누었다.

대부분의 시간을 그녀와 보냈고 부끄럽게도 그녀를 대상으로 몽정까지도 했다.

그녀가 은밀한 곳에 벗어 놓은 속옷을 보고 목이 타들어가는 놀라운 경험도 해보았고 그녀의 가슴과 가는 허리와 쭉 뻗은 각선미에 취해 뜬눈으로 몇 밤을 지새우기도 했었다.

돌이켜 보면…

긁적긁적.

딕스는 그 모든 게 과거의 추억이라고만 생각했다.

자신만의 추억이라고.

한데 지금 보니 자신만의 추억은 아니라는 생각이 들었다.

순간 심장이 물컹거렸다.

'이럼 안 돼. 정신 차려, 딕스.'

첫사랑은 현실이 아닌 마음속에 있어야 한다.

추억이란 탈색된 이름으로.

"좋아, 베스 누나. 자, 우리 어디로 가는 거야?"

"좋은 데."

명품이라도 사줄려는 걸까?

딕스의 두 눈이 반짝거린다.

통장에 1억 골드란 어마어마한 돈을 가지고도 여전히 공짜가 참 좋은 딕스였다.

"가요. 얼른 갑시다, 베스 누님. 하하하하."

한낮의 공원은 한산했다.

어린아이를 데리고 나온 아낙과 노부부와 젊은 연인들이 가끔 보일 뿐이다.

일정은 공주가 계획했고 딕스는 그냥 몸만 따라왔다.

아! 명품 숍이 아니었다니.

하지만 뭐, 지금도 그리 나쁘지 않다.

공원에서의 공주는 무척이나 발랄했고 얼굴에서도 쉽게 생기를 찾아볼 수 있었다.

"저기 어때? 저기 앉자."

호숫가 등받이 없는 긴 의자를 가리키며 공주가 말한다.

'묘책이라도 찾으신 건가?'

패트릭을 통해 천벽에 대항할 방법을 공주가 모색 중이라는 것을 들었고 그 일환으로 동맹국에 특사를 파견했다.

딕스는 동맹국에 파견한 특사가 일을 성공리에 마치고 귀국한 게 아닐까 하는 생각을 했다.

그래 봐야 룩센을 직접 상대해 본 딕스 입장에서는 동맹국이 보유한 마법사나 마스터나 미덥지 못했지만 그래도 없는 것보다는 낫다.

아리온스 왕국을 대표하는 마법사 드리건 반 브레이크.

6서클의 이 노마법사는 '아리온스의 수호자'로 불린다.

뭐, 그런 이가 아리온스를 떠나는 일은 없겠지만 그 외에도 놀랄 만한 실력자들을 상당수 보유한 국가가 아리온스다.

싱그로아나 리안 연합도 아리온스에 뒤지지 않는 초인들을 보유하고 있다.

그런 동맹국에 비해 뮬 공국은⋯ 외부에 노출되지 않은 딕스뿐이다.

"간식 먹을래?"

"배 안 고픈데요."

"그래도 먹어주면 안 돼? 셔벗이라서 빨리 먹어야 하는데."

지금은 7월이다.

딕스의 저택에서 이곳까지는 마차로 한 시간 거리다.

여기에 공원에 들어와서 걸은 시간까지 더한다면 녹아도 벌써 다 녹았을 시간이다.

애교와 애처로움을 작고 아름다운 얼굴에 드러내는 공주다.

이를 보고 어찌 안 먹을 수 있겠는가.

배가 터져도 먹을 수밖에.

"주세요."

딕스의 말이 끝나자마자 공주가 재빨리 셔벗을 꺼내든다.

"보냉 상자네요. 그럼 뙤약볕에 둬도 안 녹을 텐데."

일상생활 전반에 걸쳐 마도 학문이 뿌리를 내리고 있다.

물론 경제적으로 여유가 되는 자들이 주로 이용하긴 하나 빈민 가정이 아닌 어지간한 가정에서도 한두 가지의 마도 물품은 볼 수 있다.

　"과즙과 우유가 들어간 거라서 신선할 때 먹음 좋잖아."

　"잘 먹겠습니다!"

　이왕 먹을 거 맛있게 먹자! 하고 생각한 딕스는 삼 일 굶은 사람처럼 셔벗을 먹기 시작했다.

　선물은 기쁘게 받고 음식은 맛있게 먹어주는 게 예의다.

　공주는 한 입도 먹지 않고 그의 먹는 모습만 바라보았다.

　잠깐이면 몰라도 내내 저리 빤히 쳐다보는데 혼자서 먹는 것도 이상하다.

　"베스 누난 안 먹어요?"

　"나? 요즘 다이어트 중."

　"헐, 다이어트요? 그 몸매에? 진심 대박이심. 크크."

　"뭐, 뭐야? 내 몸매가 어때서?"

　이삼 년 전의 딕스였다면 솔직하게 말했을 것이다.

　마른 멸치라고.

　하나 그도 이제 여자들을 경험하면서 어찌 처세하는지 배웠다.

　배웠는데 안 써먹음 그건 바보다.

　"지금도 날씬한데 더 날씬해지면 세상 여자들이 자괴감에 빠질까 봐서 그러죠. 헤헤."

"정말?"

"그럼요. 전 언제나 진실만 말한답니다. 아시면서."

"흐음."

엘리자베스는 믿을 수 없다는 표정으로 콧소리를 흘린다.

하나 기분은 좋은 듯 입꼬리가 승천한다.

"기분이다. 아~ 해봐."

"예? 제가 애도 아니고. 손 있습니다. 그리고 보는 눈들도 저리 많은데. 하하."

주변에는 공주를 호위하는 자들이 곳곳에 은신하고 있었다.

물론 그들이 가볍게 이 일을 떠들고 다닐 자들은 아니다.

그런 자들이 어찌 왕족의 호위를 맡을까.

점잔을 빼는 딕스의 태도에 공주는 섭섭함을 느꼈다.

예전에는 해달라고 그렇게 조르더니.

공주는 오기가 발동했다.

"아~ 해봐."

"괜찮은데. 그럼 이번만입니다. 아~"

공주가 정색하자 딕스는 못 이기는 척 받아먹었다.

생색은 덤이다.

사람이란 자고로 적당히 빼야 하는 법이니까.

우물우물.

"맛있지?"

"……."

"어때. 더 맛있지?"

그 맛이 그 맛이지 뭐가 더 맛있단 말인가.

이를 물어오는 공주가 딕스는 이상했지만 바보가 아닌 이상 어찌 상대의 진의를 모르랴.

딕스는 함박웃음을 지으면서.

"최고였어요!"

"정말?"

"제가 거짓말하는 거 보셨어요?"

어깨를 활짝 펴면서 딕스는 억울한 표정을 짓는다.

그 모습이 귀여웠던 걸까? 공주가 그의 볼살을 잡는다.

"으으, 공주… 아니, 베스 누나. 내 나이가 몇인데. 히잉, 이건 너무하잖아요."

"뭐 어때. 넌 예전이나 지금이나 내겐 딕스인 걸?"

아, 산골짜기 작은 동네에도 꼭 한두 명씩은 있는 흔하디흔한 그 이름 딕스.

뭐 그 이야길 하는 것은 아닐 테고.

자신을 향해 꽃처럼 화사하게 웃는 공주의 모습에서 딕스는 설렘을 느꼈다.

옛일도 생각나고 또 이렇게 가까이에서 얼굴을 바라보니 뭔가 내부에서 뜨거운 것이 치밀어 올랐다.

상대가 엘리자베스 공주가 아닌 레이첼이나 시모나였으면

저 요망한 붉은 입술을 냉큼 덮쳤을 텐데.

닥스는 내심 입맛을 쩍쩍 다시면서 공주의 얼굴에서 시선을 돌렸다.

엘리자베스는 닥스가 자신을 의식하고서 시선을 피하는 것을 느꼈다.

섭섭한 느낌 반, 흥분되는 마음 반이었다.

그에게 자신이 여자로 보인다는 것을 직감했기에.

두근두근.

공주에게도 더 이상 닥스는 예전의 귀여운 악동 같은 이미지의 어린아이가 아니었다.

남자!

닥스가 그녀를 여자로 인식하고 있듯 그녀도 닥스를 남자로 인식하고 있었다.

순간 두 사람 사이에서 묘한 기류가 흐른다.

그것은 어색함이었다.

이 어색함을 떨쳐 내기 위해서 공주는 서벗을 그의 입가로 가져간다.

"다시, 아~"

"베스 누나, 저도 손……."

그는 말을 다 끝내지 못하고 서벗의 기습 공격을 받았다.

우물우물.

"말하는데 갑자기 밀어 넣으면 어째요?"

"아, 아팠어?"

"그건 아니지만."

"깜짝 놀랐잖아."

공주의 손이 딕스의 입가에 묻은 셔벗을 닦는다.

갑작스러운 상황에 딕스는 내심 화들짝 놀랐다.

갑자기 뒤로 몸을 빼거나 그녀의 손을 치운다면 상대는 분명 당황할 것이다.

이전에는 이를 전혀 신경 쓰지 않았던 부분인데 오늘은 하나에서부터 열까지 일일이 예민하게 다가온다.

흔들리는 딕스의 동공과 그의 뜨거워진 숨결을 느낀 공주 역시 그 못지않게 당황했다.

"아, 배부르다."

갑자기 고개를 틀어버린 공주가 자리에서 벌떡 일어난다.

그녀의 얼굴은 술에 취한 듯 빨갛게 달아올라 있었다.

"산책할까요?"

마주 보고 앉아 있는 데 부담을 느낀 공주는 옳다구나! 바로 덥석 물었다.

"그러자."

두 사람은 함께 걸었다.

어깨를 나란히 하고 걷는 게 이번 한 번도 아닌데 팔의 부자연스러움을 느낀다.

바람이 불어와서 공주의 귀밑머리를 날린다.

기다란 그녀의 머리카락이 딕스의 얼굴을 간질인다.

옆으로 한 발 물러선 딕스는 얼굴을 긁었다.

"앗, 미안. 머리가 엉망이 되어버렸네."

걸음을 멈춘 공주는 자신의 머리를 매만졌지만 날리는 그
녀의 귀밑머리는 여전히 자유로웠다.

이를 보다 못한 딕스가,

"제가 해드릴게요."

그녀의 머리 손질은 전에도 여러 번 해봤던 딕스였다.

몸을 움찔거리던 공주는 기어들어가는 음성으로,

"부, 부탁할게."

공주의 뒤에 선 딕스는 그녀의 머리카락을 정리해 주었다.

'공주님이 이렇게나 가녀리고 작은 분이었나?

얼굴을 보고 있지 않으니 좀 덜 어색하다.

가녀린 공주의 목선이 보인다.

그 목선에 손이 스치자 불에 덴 것처럼 화끈거렸다.

이는 그만이 아니었다.

공주의 목덜미 역시 노을처럼 달아올랐다.

이러다 일 나지 싶다.

공주의 남자……? 여왕의 남편? 과연 그 자리가 편할까? 만
약에라도 그 자리에 자신이 앉게 된다면 자신의 여자인 레이
첼과 시모나의 입장은 어찌 될까?

행동 하나하나 엄격한 왕궁의 예법에 따라서, 그리고 도처의 눈길을 의식하면서 불편하게 살아야 할 것이다.

자신도 거기서 벗어날 수 없다.

앞서 재능자로서 왕궁의 예법을 배웠을 때도 힘이 들었는데 하물며 공주의 부군이면.

딕스의 말수가 점점 줄어들다 이제는 아예 입을 봉한 채 걷기만 한다.

그의 눈치를 조심스럽게 살피면서 공주가 말했다.

"나와의 소풍… 재미없니?"

"아, 설마요."

"그럼 왜 아까부터 말 한마디 않는 거니?"

"죄송해요. 잠시 딴 생각하느라."

갑자기 걸음을 멈추는 공주다.

공주의 얼굴은 섭섭함으로 가득했다.

자신과 걸으면서 어떻게 딴 생각을 할 수 있단 말인가.

혹시 그 딴 생각이란 게 다른 여자들을 말하는 게 아닐까?

섭섭함이 공주의 가슴속 깊은 곳에서 뜨겁게 차오른다.

"무슨 생각인지 물어봐도 돼? 고민이 있다면 내가 도움이 될 수도 있지 않을까?"

아닐 것이다.

여자가 아니라 다른 문제를 생각했을 것이다.

공주는 딕스도 모르는 사이에 한 번의 기회를 더 주었다.

과연 그에게 주는 공주의 기회가 이번 한 번뿐일까?

남녀 관계에 있어 누가 세고 약한가는 사실 우스운 잣대지만 굳이 나누라면 현재는 딕스보다는 공주가 약자였다.

"중요한 거 아니에요. 신경 쓰지 않으셔도 돼요, 공주님. 하하."

'신경 안 써도 된다고? 네 일인데 내가 어떻게 신경 쓰지 않을 수 있겠어.'

딕스의 말에 공주는 이 말을 속으로 했다.

하나 겉으로 드러난 공주의 대답은,

"그렇구나. 나도 잠시 딴생각을 했어."

자신이 너무 지고 들어가는 것 같아서 공주는 내심 화가 났다.

아니, 자신이 초라해 보여서 슬펐다.

"국정을 돌보시느라 많이 힘드시죠. 힘내세요. 전 언제나 공주님 편입니다."

공주는 그에게서 이 말이 듣고 싶었던 게 아니었다.

나랏일로 바쁜 공주에게 있어 단 하루를 빼는 일은 쉽지 않았다.

이 하루를 쉬기 위해서는 뜬눈으로 몇 밤을 지새워야 하고 또 앞으로도 이를 보충하기 위해서 눈코 뜰 새 없이 바쁘다.

남들이 보기에는 책상에 앉아서 신하들의 이야기를 듣고 올라온 서류에 사인만 하면 끝이라고 생각하지만 이건 빙산의 일각의 일각도 안 되는 모습이었다.

백조의 다리가 물속에서 바쁜 것과 같은 이치다.

딕스를 향해 몸을 돌려세운 공주는 그를 노려보듯이 쳐다보면서 말했다.

"왜 아까부터 계속 공주님이라 부르는 거니? 오늘은 베스라고 불러주기로 했잖아."

"앗! 그랬나요? 나이를 먹어서 그런가? 자꾸 깜빡깜빡하네요. 하하."

번데기 앞에서 주름 잡아도 유분수지 어찌 자신보다 나이가 많은 공주 앞에서 나이 자랑인가.

이를 모를 리 없는 딕스다.

하나 지금의 그는 내면이 상당히 복잡한 관계로 이런저런 계산 없이 나오는 대로 떠벌리고 있었다.

공주는 그의 마음이 콩밭에 가 있음을 깨달았다.

이 자리를 그가 빨리 파하고 싶어 하는 것처럼 보였다.

언제부터 자신이 그에게 이런 불편함만 주는 사람이 되었단 말인가.

겨우 이 년을 안 본 그 사이에 그에게 자신은 남이 되어버린 것일까? 일만 죽도록, 그것도 어려운 일만 시키는 몹쓸 상관이 되어버린 건가?

그게 그의 진심이라면!

깜짝 놀란 공주는 저도 모르게 몸을 부르르 떨었다.

"어디 아프세요? 공주… 아니, 베스 누나?"

"아냐, 저기 호수가 있네. 저리 가자."

공주는 종종걸음으로 그를 떨쳐 내듯 앞장섰다.

그녀의 뒷모습을 빤히 응시하던 딕스는 고개를 크게 내저었다.

오늘따라 자신도, 그리고 공주님도 예전 같지 않았다.

딕스는 좀 전 공주의 머리를 정리해 주면서 잠시 스친 목덜미를 떠올렸다.

아직도 그 감촉이 검지 끝에 생생하다.

호숫가에 먼저 도착한 공주는 물수제비를 하고 있었다.

너무 못한다.

퐁.

퐁!

풍덩.

"물수제비는 돌을 위로 살짝 띄운다는 느낌으로 해야죠. 그리고 평평하고 둥글고 작은 돌이 좋아요. 여기 적당한 놈이 있네. 이걸로 해보세요."

돌을 이리저리 살피던 딕스가 공주의 손을 잡고서 전해준다.

그에게 잡힌 손목을 내려다보던 공주는 그를 스치듯 바라본 뒤 그가 전해준 돌로 물수제비를 띄운다.

연장 탓이 아니다. 기술 탓이다.

"자세가 엉망이니까. 돌멩이는 화살이 아니거든요. 자세를 이렇게… 그게 아니고요. 이렇……."

고개를 절레절레 내저은 딕스는 공주의 뒤로 돌아가서 자세를 고쳐 주었다.

공주의 얼굴이 노을처럼 붉어진다.

"더, 던질까?"

"팔을 이렇게 뒤로 쭉 뺀 다음에 손목을 부드럽게 꺾었다가 펴세요."

공주의 자세를 교정해 준 뒤 딕스는 뒤로 한 걸음 물러섰다.

그가 교정해 준 자세로 공주가 돌을 날리자 수면을 탕탕 치면서 한참을 날아가다 돌이 물속에 가라앉았다.

"와아! 됐어. 됐다고!"

어린아이처럼 기뻐하며 폴짝거리는 공주가 돌아서서는 그를 와락 껴안는다.

그러다 곧 자신이 무슨 짓을 했는지 깨닫자 바로 그에게서 떨어지는 공주다.

품속으로 쏙 들어왔던 공주가 썰물처럼 빠져나가자 딕스는 허전함을 느꼈다.

그는 이 허전함을 환호로 바꾸었다.

"잘하셨어요! 베스 누나는 자질이 있네요. 하하하."

그날 두 사람은 경쟁적으로 물수제비를 날렸다.

퐁퐁퐁퐁—퐁당.

한참을 하던 공주가 돌연 손에 쥐고 있던 돌을 바닥에 툭 떨어뜨렸다.

씁쓸한 표정으로.

"왜요?"

"이거 슬픈 놀이다. 그만하자."

"물수제비가 슬프다고요?"

"응."

머리털 나고 물수제비가 슬픈 놀이라고 한 사람은 공주가 처음이었다.

하나 본인이 슬프다고 하는데 제삼자의 입장에서 따지고 들 수도 없다.

손에 쥔 돌을 수면으로 던진 딕스는 손을 탈탈 털었다.

이제 돌아가야 할 시간이다.

그 길로 두 사람은 공원 입구를 향해 말없이 사색에 잠긴 표정으로 걸었다.

공원이 끝나는 곳까지 다다른 남녀.

"왕궁으로 돌아가셔야죠. 전 할 일이 있어서 이만."

"그래, 오늘 즐거웠어."

"저도 즐거웠습니다."

공주가 그를 바라보며 한 발 뒤로 물러서자 그녀의 호위 기사들이 기다렸다는 듯이 모습을 드러냈다.

곧 도착한 마차에 그녀는 올라탔다.

두두두두두.

멀어지는 마차를 바라보던 딕스도 그제야 발길을 돌렸다.

'…아쉽네.'

가슴에 구멍이 뚫린 듯 허전함이 맴돌았다.

비단 이는 그만이 느끼는 것이 아니었다.

여전히 딕스는 새벽 4시에 기상해 저택을 뛰었다.

오늘은 어제보다 더 힘차게 뛰었다.

그러다 보니 금세 숨이 턱 밑까지 차올랐다.

이는 그에게서 좀처럼 찾아볼 수 없는 일이었다.

털썩.

바닥에 아무렇게나 주저앉은 딕스는 두 팔을 뒤로 보내어 땅을 짚었다.

그러곤 땀에 흠뻑 젖은 얼굴로 하늘을 올려다보았다.

어둡던 하늘이 점점 탈색되어 간다.

봄, 여름, 가을, 겨울… 매일같이 보던 여명이다.

그런 여명이 오늘은 무척이나 안타깝고 슬프게 보인다.

상체를 지탱한 팔에 힘을 뺀 딕스는 그대로 누워버렸다.

그는 몸에서 힘을 천천히 뺐다.

한여름 뙤약볕에 달궈진 뜨겁던 대지도 한밤을 지난 지금은 언제 그랬냐는 듯 시원하게 느껴진다.

사람의 감정도, 인생도 이와 같지 않을까 싶다.

"후욱, 스으으으읍! 후우우우, 스읍! 후우우우."

여러 번의 심호흡을 통해 그는 호흡과 몸에 안정을 주었다.

그러자 복잡했던 머릿속도 점차 정리되어 제자리를 찾았다.

우울하게 굳어 있던 그의 입 매무새도 조금씩 풀리고 부드러워졌다.

가지는 것보다 놓아주는 일이 더 힘들다.

욕심을 부리면 한도 끝도 없는 게 인생이다.

욕심과 불행은 정비례한다.

큰 욕심은 스스로를 태워 버리고 그 주변까지 황폐화시킨다.

딕스는 자신이 바라던 모든 것을 어린 나이에 다 이루었다.

예지몽을 꾸고 난 이후 그는 단 하나만을 생각했었다.

바로 가족의 안위였다.

하지만 그 일은 너무나도 쉽게 이루어졌다.

우물 안 개구리의 눈으로 봤을 때 페논가는 넘을 수 없는 산처럼 보였고 뚫을 수 없는 철옹성 같았다.

한데 그 우물을 나오니 그 산은, 그 철옹성은 입김 한 번에 날아가 버릴 만큼 조악하고 허약한 세상이었다.

딕스는 생각했다.

지금 자신은 또 어떤 우물 안에 갇혀 전전긍긍하고 있는

지를.

깊은 사색에 빠진 그를 향해 누군가 다가왔다. 젤이었다.

"주인님, 괜찮으세요?"

부지런한 주인 때문에 이 저택의 관리자인 젤 역시 부지런을 떨 수밖에 없었다.

그럼에도 그녀는 전혀 싫은 내색을 하지 않았다.

그가 국외에 있는 동안에도 젤은 저택을 빈틈없이 관리해왔다.

이로 인해 그녀에 대한 딕스의 신뢰는 한층 더 굳건해졌다.

"하늘빛이 좋아서 감상하는 중이야. 이상하게 생각할 거 없어."

딕스를 보던 젤은 그 시선을 새벽하늘로 옮겼다.

그녀는 딕스와 달리 검푸른 진한 하늘이 무섭고 으스스했다.

"전 새벽하늘이 무섭게만 보이는데 주인님은 아니신가 봐요."

속을 들여다볼 수 없는 정글의 흙탕물. 그 속에 무엇이 있는지 모르기에 선뜻 그 물에 발을 담그기 힘들다.

사람들이 미래를 알고자 하는 이유도 바로 이와 같다.

위험을 피해서 다들 편하고 행복하게 살고 싶은 것이다.

"도망갈 궁리부터 하면 불안감을 느끼지. 그럼 모든 게 무섭게 보이는 법이야. 옆에 누워봐."

"예?"

"누우라고."

얼굴을 살짝 붉힌 젤은 곧 그의 옆에 조용히 누웠다.

잔잔한 딕스의 음성이 그녀의 귓가로 흘러든다.

"다시 하늘을 봐."

"좀 전에 본 하늘과 지금 본 하늘의 느낌이 조금… 다르네요."

젤의 목소리엔 놀람이 담겨 있었다.

서서 본 하늘과 누워서 본 하늘이 이리 큰 차이를 보일지 전혀 예상하지 못했기에 그녀의 놀라움은 클 수밖에 없었다.

인생은 각도다.

어느 각도에서 사물을 보느냐에 따라서 와 닿는 느낌도 달라진다.

딕스는 일찍 이를 깨우친 이였다.

"난 효율이란 말과 다각도란 말을 깊이 좋아해. 어쩔 수 없이 손해를 봐야 하는 상황에서도 이 두 가지를 잊지 않으면 언제나 손실을 최소화할 수 있지. 알뜰한 젤이라면 이해할 거야."

젤이 고개를 돌려서 딕스를 본다.

친절하고 상냥했던 귀여운 소년은 어느새 훌쩍 자라 뚜렷한 신념을 가진 강하고 멋진 남성이 되어 있었다.

이젠 그를 보면 심장이 두근거린다.

여자로서.

젤은 그의 몸에서 흘러나오는 땀 냄새가 무척이나 달콤하게 느껴졌다.

"그런 분이… 아까는 죽기 살기로 달리시던데… 걱정될 만큼."

"그 정도는 아닌데. 그리고 가끔은 나도 효율과 다각도에서 벗어나기도 해. 사람이 너무 완벽하면… 정나미 떨어지잖아. 특히 나 같은 남자는. 하하."

웃으라고 한 그의 말에 젤은 진지한 표정으로 동의했다.

그녀의 웃음이 진지함을 가려준다.

"주인님은 정말 완벽하시죠. 호호, 하지만……."

"하지만 뭐?"

"아, 아니에요."

"말하다 끊는 게 어디 있어? 뭔데? 빨리 말 안 해?"

"그냥 개인적인 일이 떠올라서 저도 모르게. 죄송해요, 주인님."

"죄송할 거까지야. 흠."

개인적인 일이라는데 일일이 캐묻는 것도 사나이가 할 짓이 아니다.

"젤."

"예."

"월급 올려줄까?"

"아, 아뇨, 지금 받는 것도 충분해요."

"아냐, 올려줄게."

젤은 뜻하지 않게 봉급 인상을 습득했다.

그런데 저 짠돌이 주인님께서 왜 갑자기 월급을 자청해서 올려주시겠다는 걸까?

의아했지만 감봉도 아니고 인상이라니.

"정말 감사합니다, 주인님."

"이제 들어가자. 참, 어제 그 고기, 송아지 뒷다리 고기였지? 그거 맛있던데. 남았어?"

"예, 곧 준비할게요."

"고마워. 그리고 오늘 일은 없었던 일이다."

"무슨?"

"…내가 새벽부터 죽기 살기로 달렸다는 일 말이야."

별것 아닌 일이다.

그럼에도 딕스는 젤에게 다짐을 받아둔다.

현명한 젤은 말없이 웃으며 고개를 끄덕였다.

딕스는 옷에 묻은 흙먼지를 털어내듯이 고민도 함께 털어 버렸다.

고민도 여유가 될 때나 하는 법이다.

그런데 그의 고민이란 뭘까?

'당분간 일에 집중하자. 지금은 한눈팔 때가 아니잖아.'

그의 머리 위 하늘 위로 엘리자베스 공주의 얼굴이 크게 떠오른다.

*　　　*　　　*

북부 5자 동맹의 한 축이 되어야 할 헥센 왕국.

엘리자베스 공주에게 헥센 왕국은 그녀의 정치 생명을 건 인생의 분수령이었다.

그런데 그 분수령이 지금 뿌리부터 흔들렸다.

공주는 여자의 입장을 벗어던졌다.

그녀는 합리적이고 냉정한 정치인으로 돌아왔다.

딕스는 그녀의 소환을 받았다.

"공주님을 뵙습니다."

"어서 오세요, 딕스 경."

공주의 집무실엔 정보국의 국장을 비롯해 그녀의 최측근들이 이미 자리하고 있었다.

딕스는 이들 대부분과 친분을 맺고 있다.

이 방에 있는 자들이야말로 장차 공국의 미래를 주도해 나갈 진정한 공주의 사람들이다.

딕스는 사람들과 일일이 눈인사를 나눈 뒤 착석했다.

몇몇 사람들은 그가 왜 이 자리에 왔는지 의아해했다.

이는 당연한 일이다.

공주를 비롯해 그 주변의 소수만이 딕스의 공적과 실력을 알고 있을 뿐이니까.

공국 정보국의 노련한 요원 라스 차장이 헥센 왕국의 상황을 귀에 쏙쏙 박히도록 보고했다.

모두 침통한 기색으로 라스 차장의 보고를 경청했다.

보고가 끝나자 패트릭이 공주를 바라보며 말한다.

"공주님, 헥센의 사왕자가 북부 순방을 무사히 마칠 수 있도록 조력을 아끼지 말아야 합니다. 그의 이번 순방은 헥센의 대권을 좌지우지할 중요한 행사입니다. 이는 헥센의 이왕자나 제국도 알고 있습니다. 그들은 이를 결코 좌시하지 않을 것입니다."

사왕자에 대한 암살 시도는 여러 번 있었다.

그때마다 하늘이 도와서 사왕자는 무사할 수 있었다.

그러나 이번 북부 순방은 사왕자에게 대운이 들지 않는 한 살아남기 힘들다는 게 공국 정보국의 분석이었다.

제국이 사왕자를 제거하기 위해서 막강한 인사들을 파견했다는 첩보를 입수했기에 더더욱 그랬다.

그 어느 때보다 차분해진 공주의 눈길이 딕스를 향한다.

딕스는 이 자리에 소환된 이유가 무엇인지 이미 들어 알고 있었다.

이 자리가 자신에게 어떤 의미로 작용할지도.

진중한 어조로 공주가 말한다.

"딕스 경을 아는 자도 있을 것이고 모르는 자들도 있을 겁니다."

그녀의 말에 대부분의 사람들이 수군거렸다.

사람들에게 알려진 딕스는 공주의 총애를 받는 재능자였다.

그렇다 보니 이 중요한 자리에 딕스가 참석하자 많은 이들이 내심 의문을 품고 있었다.

어떤 이는 공주가 공사를 구분하지 못한다며 적잖게 실망하기도 했다.

"공주님, 딕스 경이 어찌해 참석했는지 여쭈어도 될는지요?"

"그 얘기는 나보다 라스 차장이 하는 게 좋겠군요. 라스 차장, 부탁해요."

보고를 끝낸 뒤 앉아 있던 라스 차장이 조용히 다시 일어난다.

회의에 참석한 대부분의 사람이 의아한 눈으로 라스 차장을 보았다.

라스 차장은 딕스에게 정중한 태도로 경의를 표했다.

라스의 평소 성격을 알고 있는 자들은 그의 이런 행동에 다들 깜짝 놀랐다.

사람들은 오늘 엄청난 이야기를 듣게 될지도 모른다는 생각을 했다.

사람들의 생각은 틀리지 않았다.

"여기에 계신 분들 모두 극비 문건 '39—0—34'를 아실 겁니다."

"음."

"서, 설마……."

웅성웅성.

라스 차장이 언급한 극비 문건에는 리안 연합을 분열시키기 위해 제국이 파견한 쌍마를 격퇴한 내용이 담겨 있다.

대부분의 사람은 그 사건을 해결한 이를 외국인으로 알고 있었다.

공주는 결코 부정하고 무능한 자를 곁에 두지 않는다.

사람들은 딕스의 출석이 결코 이 일과 무관하지 않음을 깨달았다.

모두의 눈길이 딕스에게 쏟아졌다.

딕스는 조용히 웃기만 했다.

라스 차장이 말을 이어나갔다.

"쌍마를 격퇴한 'M'이 바로 여러분 앞에 계신 딕스 경입니다."

추측은 했지만 막상 답을 듣자 다들 크게 놀랐다.

쌍마가 어떤 인물인지 여기에 있는 자들이 어찌 모르겠는가.

5서클 바람의 마법사 웜슨, 소드마스터 웜마.

바늘과 실처럼 함께 다니는 이들은 최적의 조합으로 무패를 자랑하던 쌍둥이다.

그런 이들이 무명의 마법사에게 대패해 달아났다.

이 일로 한동안 각국의 정보부는 쑤셔놓은 벌집처럼 어수선했었다.

이제 그 정체불명의 마법사가 밝혀졌다.

쌍마를 격퇴시킨 마법사가 십칠 세의 소년임이.

제4장

아쥬르 사막

딕스 경, 부탁합니다.

혠센 왕국으로 떠나는 날, 딕스에게 공주는 이 말로 그를
배웅했다.

딕스를 향한 자신의 감정을 추스르기 위한 노력이 그녀의
표정과 말투에 맺혀 있었다.

그렇게 그녀의 배웅을 받으며 공국 수도 카라힐을 뒤로하
고 딕스는 움직였다.

국경을 넘은 딕스는 혠센의 수도 엔젤릭스로 가는 최단 거
리로 길을 잡았다.

아쥬르 사막이 바로 그곳이었다.

동서 길이 약 1,200킬로미터에 남북 길이가 850킬로미터의 이 사막은 일 년 강수량이 10밀리미터 미만인 곳이다.

바람과 모래와 돌과 독충과 위험한 사막 몬스터가 서식하는 곳으로, 대부분의 여행자나 상단은 이 길을 피했다.

일정이 정말 바쁜 자들을 제외하면 말이다.

사막에 첫발을 디딘 딕스는 8월의 태양과 접목된 사막의 기후에 짓눌렸다.

난생 처음 타보는 낙타의 등은 몹시 높았고 속이 뒤집어질 만큼 많이 흔들렸다.

몸집이 큰 전투마라도 사막을 자유롭게 횡단하는 낙타 옆에 세워놓으면 망아지처럼 보일 정도였다.

낙타의 울음소리를 언뜻 들어보면 꼭 가래 끓는 늑대의 울음소리를 닮았다.

놈들은 늑대도 아님에도 밤마다 시끄럽게 울어댔다.

어찌나 시끄러운지 익숙하지 않은 첫날은 뜬눈으로 밤을 지새웠을 정도였다.

'이빨 한번 살벌하게 생겼네.'

낙타의 얼굴은 굉장히 순해 보인다.

놈의 식성도 초식이다.

한데 초식동물치곤 놈의 이빨은 지나치게 크고 날카로워 그것만 보면 고양잇과의 육식동물이 절로 떠올랐다.

아무튼 이런 거구의 초식동물을 타고 딕스는 지금 사막을 횡단하고 있었다.

딸랑딸랑.

낙타마다 목에 방울을 달고 있다.

놈들의 덩치가 크다 보니 방울 역시 크다.

낮에는 이놈의 방울 소리에 정신이 사납고 밤이면 놈들의 울음 때문에 예민해진다.

밤낮으로 시끄러운 놈들.

그리고 일자로 이동하다 보니 놈들이 수시로 싸대는 변을 자주 목격하게 된다.

덩치는 큰 놈들이 똥은 꼭 염소 똥만 하다.

참고로 여기에 물기는 없다.

투두두둑.

요동치는 낙타 등에 설치된 간이 차양.

등받이에 등을 기대고 하체를 쭉 뻗을 크기의 길이와 장정 셋이 나란히 앉을 넓이가 갖춰져 있다.

딕스가 타고 있는 낙타의 고삐는 앞쪽의 안내인이 쥐고 있었다.

물론 안내인도 낙타를 타고 간다.

그 안내인의 낙타가 계속 똥을 쏟아낸다.

이 사막을 다 건널 때쯤이면 낙타의 괄약근에 대한 논문도 쓸 수 있을 것 같다.

흔들흔들.

삐걱삐걱.

딸랑딸랑.

운동량이 많지 않음에도 사막에선 자주 갈증을 느낀다.

물이 귀한 사막이다 보니 물 한 모금도 신중히 마셔야 한다.

이러니 물을 씻는 용도로는 사용하기 힘들다.

정 찝찝하면 수건에 물을 살짝 묻혀… 이를 갖고 전신을 닦는다.

"정지!"

선봉이 멈춘다.

그 흔한 나무 하나 볼 수 없는 불모지다.

보이는 건 모래 언덕과 돌과 기괴하게 생긴 선인장이 전부다.

강렬한 햇살 아래 달궈진 모래 바닥은 맨발로 디디면 화상을 입는다.

밑창이 얇거나 목이 짧은 것도 안 된다.

처음 딕스는 사람들이 장화(?)를 신는 것을 보고 이상하게 여겼다.

다들 어리석어 보였기에 그래서 신지 않았다.

하지만 삼십 분 만에 그는 자신의 결정을 철회했다.

낙타가 무릎을 꿇고 앉는다.

딕스는 그 목 긴 장화를 신고 바닥에 내렸다.

모래가 발목까지 차오른다.

"한 시간 후 출발합니다. 고객님들은 차양이 설치된 곳으로 가십시오."

사막 횡단 삼 일 차.

사람들은 안내인의 말이 떨어지기도 전에 알아서들 차양막 아래로 형편없는 몰골로 몰려들었다.

그러곤 누가 먼저랄 것도 없이 몸에 걸친 것들을 풀었다.

훌렁훌렁.

딕스는 개인적으로 안내인을 고용하지 않고 여행객에 섞여서 이동하고 있었다.

안내인과 여행객을 합치면 그 수는 무려 오십 명에 이른다.

"아까 불었던 모래바람 때문에 머리에 모래가 꽉 차버렸어."

"나도 그래. 롤링의 말을 듣는 게 아니었어. 뭐, 사막의 낭만을 만들자니. 완전 개소리지 뭐야. 바드득. 내 다시는 사막에 들어오지 않을 거야."

"정말 지긋지긋해. 이 건조한 피부 좀 봐봐. 이러다 아줌마 소리 듣겠어. 속상해 죽겠네."

여자들이 신경질적으로 머리의 모래를 털어내며 불만을 토로했다.

불만의 화살이 한 남자에게로 쏟아진다.

롤링이란 남자였다.

참고로 이들은 헥센 왕국의 3대 아카데미 중 한 곳인 번질라 아카데미의 학생들이다.

"불평불만 좀 그만해라. 여기 우리만 있는 것도 아니잖아."

뒤늦게 차양 안으로 롤링이란 남자가 들어서면서 제 일행을 향해 점잖게 타일렀다.

"안다고. 아니까 이 정도로 참는 거야."

사람들은 일남삼녀를 보며 피식거렸다.

불평불만도 힘이 남아돌 때나 하는 법이다.

딕스와 이들 일남삼녀를 제외한 대부분의 사람들은 사십 대 중후반이다.

그렇다 보니 낙타의 흔들림과 더위에 지쳐 말할 체력도 없었다.

녹초가 된 그들은 안내인들이 가져올 식사만 기다린다.

딕스는 차양 끝에 앉아 있었다.

모두에게 등을 돌린 자세로.

안내인들이 물과 음식을 가져왔다.

빵과 말린 과일과 약간의 육포가 식사의 전부다.

저녁엔 요구하면 술을 주지만 낮엔 절대 주지 않는다.

바로 황천행이기 때문이다.

"손님, 식사 가져왔습니다."

홀로 떨어져 앉아 있는 딕스에게 안내인이 다가와 식판을 내밀었다.

딕스는 부드럽게 웃어주며 그 식판을 받았다.

일행의 등쌀에 투덜거리며 롤링이 식판을 들고 딕스 옆으로 다가왔다.

유배당한 것이다.

"딕스 씨, 같이 먹읍시다. 오늘따라 쟤들이 예민해서요. 하하."

앉으라는 말도 하기 전에 롤링이 넉살 좋게 옆에 앉는다.

"그럽시다."

음식을 씹으며 롤링이 딕스에게 물어온다.

"딕스 씨는 여자 친구 있습니까?"

두 사람이 앉은 곳은 롤링의 일행이 앉은 곳과 멀지 않았다.

세 여자가 귀를 쫑긋 세우며 딕스의 대답을 기다린다.

남자에게는 세 개의 얼굴이 있다.

하나는 원판.

두 번째는 실력.

세 번째는 재력이다.

딕스는 이 모든 것을 완벽하게 갖춘 걸출한 남자였다.

물론 그에게 관심을 갖고 지켜보는 여자들은 오직 그의 원판에 매료된 상태였다.

"없습니다."

레이첼과 시모나가 두 눈 시퍼렇게 뜨고 있음에도 딕스는 이리 말한다.

이는 그의 잘못이 아니다.

어디까지나 임무를 위한 위장이다.

그의 말이 떨어지기 무섭게 롤링의 일행인 세 여자가 화색을 드러냈다.

롤링은 안 보는 척하면서도 세 여자의 얼굴을 훔쳐본다.

사실 롤링은 제 외모에 열등감이 강했다. 질투심도 그 못지않다.

이를 감추기 위해서 롤링은 예의 바르고 성격 좋은 인물을 설정하면서 살고 있었다.

롤링의 주변에는 여자들이 많았다.

하나 그 어떤 남자도 이런 롤링을 부러워하지 않았다.

이유는 하나였다.

그는 스쳐 가는 정류장에 불과한 남자이기에.

"에이, 설마?

롤링이 재차 확인하듯 묻는다.

녀석의 그 어감은 상대를 경계하는 느낌이 물씬하다.

딕스는 기분이 별로였지만 이를 내색하지 않았다.

어차피 단발성 인연이 아닌가.

그렇게 대화가 단절되었으면 좋으련만 무슨 의도에서인지

롤링은 수사관처럼 취조 조로 꼬치꼬치 캐물었다.

"묻는 의도가 뭡니까?"

다소 퉁명한 어조로 딕스가 롤링에게 말한다.

그러자 롤링의 세 일행도 그를 나무라듯 본다.

딕스의 기분을 왠지 중요하게 여기는 듯한 여자들의 노골적인 태도다.

세 여자가 슬금슬금 일어서더니 두 사람 주위로 몰려들었다.

"딕스 씨, 함께 식사해도 될까요?"

"또래끼리 어울리면서 가요. 아직도 한참을 더 가야 하는데 말벗하면서 가면 좋잖아요."

퀴퀴한 사내 녀석과 나란히 앉아 밥 먹는 것보단 그래도 여자들과 먹는 게 낫다.

딕스는 흔쾌히(?) 수락했다.

재잘재잘.

아카데미 여학생들의 활력과 수다와 호기심이 폭발한다.

딕스는 이들에게 무수히 많은 질문을 받았다.

사는 곳, 직업, 장래 희망, 나이 등등.

폭풍 같은 여자들의 질문에 딕스는 대충 둘러댔다.

사실대로 말한다면 이들 모두 까무러칠 것이다.

그리고 차양에서 식사하는 다른 이들도.

17세 5서클 마법사!

"딕스 씨는 피부에 습기가 남은 것 같아요. 대체 뭘 바른 거예요?"

"그래, 나도 볼 때마다 이상했어. 뭐예요?"

"뭘 쓰시는지 가르쳐 주세요!"

내심 딕스는 롤링보다 압도적 우위에 있는 자신의 외모에 여자들이 반해 접근한 것으로 생각했었다.

그녀들이 앞서 물어온 호구 조사도 그러한 맥락에서 생각했다.

그런데 알고 보니 이 여자들의 진정한 관심사는…

헛물켠 딕스는 다소 어색한 어조로 대답해 주었다.

"타고난 겁니다."

"아!"

"부, 부럽네요."

"그렇구나. 음……."

실망과 안타까움이 세 여자의 얼굴에 노골적으로 드러났다.

사막에서도 유지되는 보습 효과의 물품. 알아내면 대박인데 그 대박이 타고났다 하니 딕스의 한마디에 여심은 와르르 무너져 버렸다.

그래도 야생(?) 꽃미남과의 식사였기에 여자들은 즐거운 분위기에서 식사를 마칠 수 있었다.

소외된 롤링.

평범한 얼굴과 작은 키에 비쩍 마른 볼품없는 체격.
여자들에게 그는 언제나 이런 말을 듣곤 했다.

넌 우리들의 영원한 베프야!

베프가 아니라 누군가의 배필이 되고 싶은 롤링이다.
그러나 현실은 그에게 여자들의 베프로 있으라 강요한다.
'아, 썩은 똥 같은 날씨네.'
실속 없는 남자의 한 맺힌 소리가 마음속에서 울부짖는다.
"출발~!"

사막은 두 얼굴을 가지고 있다.
낮은 뜨겁고, 밤은 차갑다.
그래서 체온을 유지해 줄 모닥불이 필요하다.
하지만 사막엔 나무가 없다.
드문드문 자란 선인장을 잘라 땔감으로 쓰는 건 어렵다.
그럼에도 모닥불이 피어오른다.
땔감의 재료는 낙타의 똥이다.
그 똥을 모아서 사막의 싸늘함과 대적하는 방패로 삼는다.
다행히 냄새는 나지 않는다.
며칠 전부터 부쩍 친해진 롤링과 세 여자.
하지만 친해졌다는 것은 그들의 생각이지 딕스는 그들과

친분을 맺었다고 생각하지 않았다.

어쨌든 일방적인 그들의 생각으로 인해 딕스는 이들과 늘 붙어 다니게 되었다.

수다스러운 여자들과 롤링이 잠자리에 들었다.

사막 안내인들이 돌아가며 불침번을 서고 있었다.

과묵한 이들은 필요한 말과 행동만 했다.

혹독한 기후가 그들의 성격을 형성한 듯했다.

딕스는 침낭에 들어가 하늘을 보았다.

밤하늘에는 별들이 빼곡하게 박혀 있었다.

별을 하나씩 세다 보니 눈꺼풀이 무거워졌다.

밤 10시면 자는 습관이 몸에 배여 있는 데다 보이는 수면 제―별―를 대량으로 섭취하다 보니 어느새 그의 의식은 가라앉았다.

그렇게 내일 아침까지 잠들 것처럼 꼼짝도 않던 딕스가 갑자기 눈을 번쩍 떴다.

무언인가 일행이 야영하는 곳으로 접근하고 있었다.

물의 척후는 접근하는 자들이 살기를 발산하고 있음을 알렸다.

그의 능력이 점점 성장함에 따라서 물의 척후도 진화했다.

오늘날에 와서는 인간과 동물과 몬스터의 살기를 구분하기에 이르렀다.

그 성취 덕분에 야영장으로 빠르게 접근하는 존재가… 아니, 존재들의 종을 파악할 수 있었다.

'몬스터!'

야영장을 향해 곧장 오는 놈들은 몬스터다.

어떤 종류의 몬스터인지는 알지 못한다.

중요한 건 그 숫자에 있다.

물의 척후가 보고한 놈들의 존재감은 136개체다.

딕스는 침낭을 빠져나왔다.

불침번은 아직 몬스터의 존재에 대해 알지 못했다.

부스럭거리는 소리를 듣고 불침번 남자가 그를 본다.

상대가 오줌을 누러 일어났겠거니 생각한 남자는 곧 고개를 돌렸다.

그러나 그의 고개는 느리게 원상 복귀하기보다 더 빠르게 다시 딕스에게로 향했다.

딕스의 주변에서 안개가 생성되고 있었기 때문이다.

사막에서는 보기 힘든 것이 안개다.

안개는 무서운 속도로 몸집을 부풀렸다.

그 안개와 함께 딕스는 남자의 시야에서 감쪽같이 사라졌다.

유령처럼.

"헉! 방금 그건?"

저 멀리 하나의 존재와 다수의 존재가 맹렬하게 싸우고 있었다.

그들의 몸놀림은 놀라울 만큼 민첩했고 놀랍도록 빨랐다.

이들에 의해 만들어진 잔영이 땅과 허공에 마치 선처럼 쭉쭉 이어졌다.

야영하는 일행을 노리는 몬스터라 생각해 조용히 처리하려고 달려왔던 딕스는 의외의 장면에 잠시 관객이 되기로 했다.

'사막 고블린인가?'

작고 왜소한 체구에 빠른 몸놀림은 사막 안내인이 말해주었던 아쥬르의 위험한 포식자 사막 고블린을 떠올리기에 충분하다.

사막을 벗어난 지역의 고블린에게는 포식자라는 단어를 붙이지 않는다.

오직 이곳 아쥬르 사막에서 서식하는 고블린에게만 포식자란 호칭이 붙는다.

이는 지난 세월 척박한 이 땅에 적응하면서 새로운 형태로 놈들이 진화했기 때문이다.

그 발전의 모양새와 전투력이 딕스의 눈앞에 펼쳐진 싸움이다.

팟!

땅속에서 사막 고블린이 일제히 튀어나왔다.

갈퀴 모양인 놈들의 손끝엔 갈고리 모양의 길고 위험한 손톱이 나 있었다.

놈들의 주 무기는 바로 발출이 언제든 가능한 단단한 이 각질과 유연한 몸과 속도다.

발톱은 놈들의 보조 무기로 사용된다.

가끔은 이 발톱이 주 무기를 대신하는 경우도 있었다.

이는 놈들의 유연함과 속도가 만들어낸 부차적인 기술이다.

놈들은 모래 위에서도, 그리고 땅속에서도 준마에 필적할 속도로 이동이 가능했다.

촤아아아—악!

질긴 가죽이 찢어져 나가는 소리와 함께 다수의 공격을 받던 1의 존재가 절명했다.

분출하는 피와 살점이 고운 회색 모래 위에 뿌려진다.

사멸의 흔적이 예술의 혼을 불태운 장인의 명화처럼 보인다.

스스스.

명화는 바람에 날린 모래로 곧 덮였다.

흔적 없이.

싸움은 그렇게 끝난 듯싶었다.

'끝났군.'

몬스터의 내부 문제다.

인간인 자신이 저 일에 굳이 관여할 이유 따위는 없다.

저들끼리 지지고 볶든 그게 무슨 상관이랴.

딕스는 놈들이 일행의 야영지로 향하던 진로를 바꾼다면 여기서 모른 척할 생각이었다.

실제로 놈들은 앞으로 더 갈 생각이 없는 듯했다.

충천하던 놈들의 살기가 순식간에 가라앉았다.

그렇게 상황은 종료된 것처럼 보였다.

한데 가라앉던 살기가 놈들에게서 다시 크게 치솟아 올랐다.

'뭐지?'

무리에 소속된 어느 고블린이 갑자기 무리의 표적이 됐다.

싸움은 좀 전과 같은 양상을 띠었다.

일 대 다수의 싸움.

앞서 사멸한 1은 싸움에서 다수를 맞아 선전했다.

그 싸움에서 다수 중 십여 마리가 죽었다.

딕스가 보기에 놈들은 생김새나 체구가 다 고만고만해서 알아볼 길이 없었다.

아마 다수의 공격을 받던 놈이 사막 고블린 중에서도 굉장히 강한 축에 들어가는 전사겠지 하고 추측할 뿐이다.

한데 평범한 다수에 포함되었던 한 놈이 갑자기 굉장히 강한 축에 들어가는 전사가 되어 좀 전까지만 해도 동료였던 녀석들과 싸웠다.

'저것들, 왜 저래?'

가벼운 마음으로 몬스터를 처치하러 온 딕스였다.

사실 136개체의 몬스터 따위 그에겐 식후 간식거리도 안 된다.

그런데 막상 와 보니 상황이 참으로 기묘하고 이상스러웠다.

대체 저들에게 무슨 일이 발생했기에 동료가 적이 되는 악순환이 반복될까? 딕스는 좀 더 상황을 지켜보기로 했다.

1이 된 고블린은 다수를 상대로 일곱을 제거하는 성과를 얻었다.

하지만 다수는 여전히 다수였다.

더 이상은 무리다 싶었던지 1은 전장에서 몸을 빼냈다.

이를 용납할 다수가 아니다.

쫓고 쫓기는 추격전이 펼쳐졌다.

놈들이 향하는 방향은 딕스 일행이 야영하고 있는 장소였다.

딕스는 안개를 놈들의 진행 방향 앞쪽에 뿌렸다.

도주를 택했던 1이 괴성을 지르며 방향을 틀었다.

이에 딕스는 만족한 표정을 지었다.

어미 닭을 쫓아가는 병아리처럼 다수는 1의 뒤꽁무니를 쫓았다.

딕스 역시 놈들을 쫓기 시작했다.

한낮이었다면 딕스는 놈들을 추격하지 않았을 것이다.

'에이, 이게 무슨 짓이람? 그래도 결과는 보고 자야지.'

1의 속도는 분명 다수보다 빨랐다.

문제는 사막의 지형이 평탄하지 않은 데 있었다.

사막의 사구가 1의 진로를 방해한다.

사막의 고블린은 지형지물을 이용할 줄 아는 영악한 놈들이다.

놈들은 1의 진로를 계산한 듯 그 앞쪽으로 무리의 일부를 떼어 보냈다.

모래 위나 속 어디에서도 준마에 필적하는 속도로 이동할 수 있는 것이 사막 고블린이다.

놈들의 이러한 장점이 같은 동족을 만났을 경우엔 특기가 될 수 없었다.

1의 경우가 바로 그러했다.

다수에서 떨어져 우회해 앞으로 간 무리에 의해 1의 진로가 막혔다.

1과 그 무리가 그곳에서 격돌했다.

으스름한 달빛이 놈들의 기형적인 손과 손톱과 발톱을 비춘다.

놈들은 자유자재로 손톱과 발톱을 무기로 사용했다.

마치 네 명이 하나가 되어 싸우는 듯한 모습이다.

콰드드득.

1의 손톱과 무리 중 둘의 손톱이 부딪친 뒤 미끄러졌다.

단단한 각질이 충돌할 때마다 뼈가 바스러지는 묵직한 소리가 터졌고 그것이 서로 엇갈려서 미끄러질 때는 철판을 긁어대는 소름 끼치는 소리가 나왔다.

휘이이익.

1이 공중제비를 세 번 빠르게 돌았다.

세 번의 공중제비 동안 1은 놀랍게도 열두 번의 공격을 했다.

1을 포위하며 공격하던 무리 중 다섯이 찰과상을 입고 십여 미터를 날아갔다.

튕겨 날아간 놈들은 민첩하고 유연한 고양이처럼 안정적으로 바닥에 착지했다.

착지와 동시에 놈들은 흉포한 살기를 발산하며 전장으로 달려왔다.

얼마 후, 본대가 도착해 1을 압박했다.

놈들의 체력과 전투력에 딕스는 혀를 내두르지 않을 수 없었다.

고블린이 저리 잘 싸우는 몬스터인지는 오늘 처음으로 알았다.

확실히 안내인들이 사막의 고블린을 일반적인 고블린이라 여기면 안 된다고 한 말이 맞는 듯싶었다.

딕스 역시 나름 많은 몬스터를 보았고 놈들을 죽였다.

그중엔 고블린도 많았다.

단언하건대 그때의 그 고블린과 지금의 저 사막 고블린의 전투력은 하늘과 땅 차이다.

저들 사막 고블린 일고여덟 개체가 뭉치면 오거라도 잡을 수 있지 않을까 싶었다.

"킹에에에에에에에—엑!"

동료를 배신한 1이 비참한 비명을 내지르더니 온몸이 찢긴 채 죽었다.

배신자를 응징한 고블린들 모두 거친 숨을 토해내며 기진한 듯 주저앉았다.

딕스는 이제 상황이 끝인가 하고 생각을 했다.

곧 그는 고개를 내저었다.

앞서도 이와 같은 상황에서 난데없이 배신자 고블린이 등장했기 때문이다.

이번에도 그러지 말라는 법이 없다.

두 눈을 크게 뜬 딕스는 놈들을 예의 주시했다.

그의 기대에 보답하듯 앞서와 같이 배신자가 다시 발생했다.

또 다른 1이 등장한 것이다.

'도대체… 이게 무슨 상황이지?'

사막 고블린의 행동은 딕스에게 큰 흥미를 불러일으켰다.

밤잠을 잃고 딕스는 놈들을 쫓아다녔다.

백이 넘던 사막 고블린의 개체 수는 어느덧 이십 남짓 남았다.

그 이십 중에서 새로운 1이 등장했다.

일 대 열아홉의 싸움이 벌어졌다.

1은 앞서 다른 1들과 마찬가지로 펄펄 날았다.

반대로 열아홉 마리의 사막 고블린은 몹시 지쳐 있었다.

그렇다 보니 전투는 싱겁게 1의 압승으로 끝났다.

1은 핏빛 모래 위에서 맹수처럼 포효했다.

그 목소리가 어찌나 크고 우렁찬지 오거의 포효와 견줄 수준이었다.

'저놈이 최종 우승자인가?'

딕스는 앞서 1이 스물한 번 등장하는 것을 보았다.

처음 몇 번은 왜 배신자 1이 등장하는지 알지 못했다.

그래서 일곱인가? 여덟 번째부터는 배신자가 등장하는 징조의 조짐을 찾는 데 주력했다.

그렇게 하다 보니 배신자의 발생에 동일한 패턴이 있음을 알게 되었다.

앞서 죽임을 당한 1과 가장 가까운 곳에 위치한 놈이 주로 변했다.

물론 이중 서너 번은 아닌 경우도 있었다.

이 때문에 잠시 딕스는 혼란스러웠다.

하지만 대부분의 경우는 앞서 사망한 1과 가까운 놈들이 주로 배신자가 됐다.

이제 한밤의 괴상한 일은 단 하나의 개체가 남음으로써 모든 것이 끝났다.

긁적긁적.

제 볼을 살짝 긁어대며 딕스는 고민에 잠겼다.

저 최후의 생존자 사막 고블린에겐 분명 무엇인가가 있다.

그것은 평범한 전투력의 놈을 보다 강력하게 만들어주고 있었다.

힘의 상승!

딕스에겐 이보다 더 자극적이고 매력적인 문구가 없었다.

그 누구보다 힘에 대한 갈증이 강렬한 이가 바로 딕스 본인이었기에.

'문제는… 저놈의 행동인데.'

놈은 지금 어떤 심리 상태일까? 그리고 놈을 죽일 시 그 괴상한 현상이 자신에게도 일어나지 않을까?

이런 생각 등이 떠오르며 주저하는 마음과 그 현상을 겪어보고 싶다는 충동이 딕스의 마음속에서 맹렬히 맞붙었다.

인간을 대상으로 실험한다면 뭔가 확실한 단서를 잡을 수 있을 텐데.

잠시 잠깐 야영장의 일행이 딕스의 뇌리를 스치고 지나갔다.

화들짝 놀란 딕스는 고개를 세차게 내저었다.

아무리 저 1의 상태가 궁금해도 그렇지 어찌 죄 없는 사람들을 실험 재료로 쓴단 말인가.

이는 인간으로서 절대 해서는 안 될 악랄한 짓이다.

딕스는 다른 방법을 찾기로 했다.

물의 척후가 수색 범위를 넓히며 활발하게 움직였다.

사막 고블린과 같은 몬스터가 또 있나 싶어서였다.

안타깝게도 한두 개체의 몬스터만 발견할 수 있었다.

그걸로는 만족할 만한 성과를 볼 수 없었다.

"감옥이라도… 털까?"

돈이 궁해서 은행을 털겠다는 인간은 있어도 감옥은…

여하튼 딕스는 저 사막 고블린에게 꽂혀도 깊게 꽂혀 있었다.

람세르 사왕자에게도 가야 하고 괴이한 행동을 보였던 고블린도 포기할 수 없었다.

몸이 두 개라면 딱 좋겠지만 세포 분열이 가능한 미생물이 아닌 이상 인간답게 머리를 굴려서 스스로 만족할 수 있는 최적의 효율을 찾아내야 한다.

어느새 동이 텄다.

차갑던 대기가 선선해졌다.

하지만 곧 이 기운도 폭염이 될 것이다.

'돌아가야 하는데.'

이정표가 없는 사막에서 초보자가 제대로 길을 찾아갈 수 있는 확률은 거의 '0'에 가깝다.

남들과 다른 이점이 딕스에게 있는 이상 그가 이 사막에서 굶어 죽거나 목말라 죽는 일은 절대 발생하지 않는다.

남들보다 특별하고 강하다는 점은 생존에 있어 월등한 우위를 선점하고 있음이다.

그러나 이런 그도 해결할 수 없는 것들이 있다.

그 대표적인 하나가 시간이다.

시간을 고무줄처럼 임의로 늘리거나 줄일 수 있다면 좋겠지만 그건 불가능한 영역이다.

한참을 고뇌하던 딕스는 끝내 방법을 찾아냈다.

"시리우스."

광분에 사로잡힌 사막 고블린을 향해 딕스는 시리우스를 보호자로 붙였다.

고블린은 시리우스를 상대로 겁도 없이 달려들었다.

놈의 손톱과 발톱은 강력한 무기다.

하나 그 무기는 상대를 잘못 골랐다.

"잘라 버려."

딕스의 명령이 떨어지자 시리우스는 물의 검을 생성해 사막 고블린의 손발톱을 잘라 버렸다.

무기를 잃어버렸지만 놈은 결코 물러서지 않았다.

어지간하면 시리우스에게서 풍겨 나오는 기운에 겁을 집어먹고 눈치를 보며 슬슬 숙일 법도 한데도 녀석에게선 그런 기색을 전혀 찾아볼 수 없었다.

'이가 없으면 잇몸이다'는 독종들의 멘트를 사막 고블린은 몸소 보여주었다.

주먹과 발길질이 시리우스의 몸에 작렬했다.

놈이 타격을 가하는 부분은 시리우스가 부분 강화를 이미 한 곳이었다.

마스터와 익스퍼트의 오러가 아니고는 흠집조차 낼 수 없다.

한데 그런 곳을 주먹으로 치고 있으니 당연…

"저… 저……?!"

딕스는 굉장한 충격을 받았다.

지금 사막 고블린의 주먹과 발길질에 부분 강화를 통해 외부의 공격을 대비했던 시리우스의 몸에 흠집이 생겼다.

이리되면 물의 방패를 생성해 사막 고블린의 주먹질과 발길질을 막아야 한다.

세상이 어찌 되려고 고블린 따위가 익스퍼트급 오러에 버금가는 파괴력을 주먹과 발길질에 담아낸단 말인가.

말세다. 진정 이는 말세다.

저런 놈이 세상에 딱 하나니 망정이지.

"잘라 버려."

딕스는 시리우스에게 명령해 사막 고블린의 사지를 잘라 버리도록 지시했다.

그 지시대로 시리우스는 놈의 목을 검지와 중지에 딱 끼워서는 물의 단검을 생성해 머리통과 몸통만 남기고 깨끗하게 잘라 버렸다.

왠지 앞서 당한 분풀이 같다.

그럴 리는 없겠지만 순간적으로 딕스는 그리 느꼈다.

'…설마?

사막 고블린의 생명력은 여전히 멀쩡했다.

온몸이 찢겨야만 죽던 놈이니 저러한 현상은 당연하다.

품속에서 포션을 꺼낸 딕스는 안개에 이를 섞어 사막 고블린의 몸을 덮었다.

귀한 연구 재료다.

포션이 고가였지만 어찌 이를 아끼랴.

머리통과 몸통만 남은 놈은 아직도 공격 본성을 버리지 못했다.

그래 봐야 애벌레 같은 움직임이 전부다.

그게 어찌 시리우스에게 위협이 되겠는가!

딕스는 시리우스에게 명령을 내려 놈을 일행과 멀찍이 떨어진 곳에서 데려오도록 지시했다.

그렇게 사막의 밤을 괴상한 사막 고블린을 포획하는 것으로 일단락한 딕스는 다시 야영장을 찾았다.

일행은 다시 흔들리는 낙타를 타고 낙타의 마른 똥을 보면서 뜨거운 열사를 가로질렀다.

딸랑딸랑.

삐걱삐걱.

"무, 물 좀."

"아껴서 먹어!"

"제발!"

딕스와 친해졌다고 여긴 롤링과 세 여자는 안내인에게 부탁해서 그의 뒤쪽에 따라붙었다.

그러다 보니 듣기 싫어도 이들의 목소리와 동행할 수밖에 없었다.

시끄러운 놈들.

사막 고블린에 대해 생각하고자 했던 딕스는 자신의 사색을 방해하는 연놈(?)에 대해 순간적으로 분노를 느꼈다.

울컥했지만 딕스는 참았다.

저 철딱서니 없는 것들과 말을 섞은 것 자체가 잘못이라면 잘못이다.

그러니 그에 따른 책임을 져야 한다.

딕스는 자신의 물통을 롤링에게 정확히 던졌다.

물론 그를 맞힌 건 아니다.

"아! 디, 딕스 씨… 고마워요!"

"어머나, 롤링이 다 마시면 어쩌려고."

"괜찮으세요?"

"너무 남자답다. 와아, 물 필요하시면 제 물을 나눠 드릴게요."

"저도요!"

"저도 딕스 씨라면……."

수통 하나 던졌을 뿐이다.

그냥 그뿐인데 여자들의 호응이 열렬하다.

딕스는 여자들을 향해 부드럽게 웃어주며 한마디 했다.

"남자에게 인내란 사막의 오아시스 같은 것이죠. 그럼."

속성 코스이긴 하지만 그는 궁중 예법을 배운 남자다.

여자들을 향해 딕스는 가벼운 목례와 미소를 보낸 뒤 다시 전방으로 몸을 틀었다.

우아하다.

하나 전방을 향한 그의 얼굴은 잔뜩 찌푸려져 있었다.

인내는 개뿔. 한 번만 더 신경 쓰이게 지껄인다면 저들 모두 사막 고블린의 변화를 알아보는 실험 재료로 써버리리라.

그의 내심은 이처럼 신경질적으로 활활 타오르고 있었다.

다행히 그의 불타오르는 성질을 롤링과 여자들은 더는 자극하지 않았다.

사막에서는 딱히 할 게 없었다.

가고, 먹고. 가고, 잔다.

주변의 풍경도 참으로 단순하다.

하다못해 기온 차도 명료하다.

딕스는 이동 내내 수시로 사막 고블린의 생명 반응을 확인했다.

다행히 놈은 사지가 절단 났음에도 존재감은 여전히 강력했다.

놈의 그 생명력에 딕스는 경이로움까지 느꼈다.

이럴수록 놈에 대한 딕스의 호기심과 연구욕은 화산의 용암처럼 분출했다.

사막 고블린이 보였던 그 신비로운 현상을 잘만 연구하면 룩센을 상대하는 데 있어 중요한 변수로 쓸 수 있을지 모른다.

룩센을 상대하기 위해 딕스는 나름 많은 연구를 했고 진지하고 치열하게 실험을 했다.

전체적인 능력의 상승은 있었지만 그것으로 룩센을 상대하기에는 여전히 약하다.

놈과 약속한 날짜는 점점 다가오고 성과는 지지부진이다.

겉으로 이를 드러내지는 않았지만 딕스의 내심은 심지처럼 타들어가고 있었다.

"벌써 열흘쨌데 이놈의 사막 날씨는 도통 적응이 안 되네. 안 그래, 딕스?"

이틀 전부터 롤링은 딕스에게 말을 놓기 시작했다.

그가 허락하지 않았음에도 말이다.

그리고 놈을 시작으로 세 여자도 딕스에게 말을 놓았다.

"이상하게 딕스의 땀 냄새는 참 달콤해. 안 그래?"

메인이 코를 킁킁거리며 딕스의 냄새를 맡는다.

이에 로리와 렉시가 메인의 행동이 지나치다며 한소리 했다.

그러면서도 코를 벌렁거리며 그의 체취를 맡는다.

노폐물이 섞인 땀은 냄새가 좋지 않다.

롤링을 예로 들 수 있다.

이 녀석의 근처에 가면 암내가 진동을 한다.

그래서 녀석이 팔을 살짝 들어 올리면 세 여자는 기겁을 하며 소리부터 질렀다.

롤링은 이를 차별이라 생각했다.

딕스나 자신이나 똑같은 남자가 아닌가.

그런데 딕스가 팔을 드는 경우가 발생하면 여자들은 전혀 이를 지적하지 않았다.

오히려 지금처럼 냄새가 좋다며 난리다.

'내가 지들에게 얼마나 잘해주는데! 꼭 이렇게 내 자존심을 뭉개야 해? 나쁜 년들.'

그러나 롤링은 웃었다.

그 웃음 뒤에는 여자들에 대한 분노가 숨어 있었다.

키 작고 비쩍 마르고 여자들에게 살랑거리는 그를 좋게 보는 동성의 동기는 없다.

다들 롤링을 우습게 여겼다.

남들처럼 그저 캠퍼스 커플이 되고 싶은 게 전부인 롤링이다.

그래서 외모 대신 성격을 여자들에게 부각했다.

많은 여자들을 알게 되면 그중 하나는 분명 자신에게 걸리지 않을까 해서다.

한데 사 년을 그리 살아왔건만 애인 하나 사귀지 못했다.

풍요 속 빈곤이랄까? 여자들을 늘 달고 다니지만 그중 제 여자는 이제껏 없었던 롤링이다.

이번 아쥬르 사막 건은 롤링이 심사숙고한 끝에 결정한 코스였다.

혹독한 자연환경에서 약한 여자들이 누구에게 의지하겠는가!

그래서 왔는데… 더위를 진짜 싫어하면서도 이렇게 왔는데.

'내가 곰이가!'

판은 자신이 다 벌였다.

한데 판돈은 키 크고 잘생긴 놈─딕스─이 다 가져간다.

이 불합리한 세상.

확 뒤집어지고 엎어졌으면 싶다.

"하하, 딕스, 산책하지 않을래?"

여자들에게 둘러싸인 딕스를 향해 롤링이 다가와 말한다.

이참에 그와 담판을 지을 생각인 롤링이다.

딕스는 롤링의 요청을 기꺼이 수락했다.

조금 친해졌다고―딕스는 전혀 아니다― 달려드는 모기 떼 같은 여자들… 짜증 난다.

"그러지."

딕스는 다행이란 표정으로 여자들을 떨쳐 내고 일어섰다.

여자들이 순간 롤링을 잡아먹을 듯이 노려보았다.

물론 여성의 자존심을 고려한 은밀한 살의다.

평소의 롤링은 이를 잘 알아챈다.

하지만 오늘의 롤링은 이 여자들에게 단단히 화가 나 있었다.

그리고 지금은 딕스와 중요한 담판을 해야 하기에 롤링은 그녀들의 열화와 같은 살의를 가볍게 무시했다.

야영을 준비하는 일행에게서 떨어진 두 사람은 사구―모래 언덕― 위에 올라앉았다.

롤링이 입술에 침을 바르며 조심스럽게 말을 꺼낸다.

그 음성에 담긴 것은 딕스를 향한 강력한 불만이다.

"메인, 로리, 렉시 중에 누구냐?"

"뭐?"

딕스는 롤링의 질문이 뜬금없었다.

줘도 안 가질 것들을 감히 어따 대고 자신에게 붙인단 말인가.

롤링이 딕스의 여자들을 보았다면, 그의 근처에서 살아가는 여자들을 보았다면 결코 이 멘트는 하지 않았으리라.

그에 대한 경쟁심과 분노도 갖지 않았을 것이다.

"말해줘. 네가 점찍은 애는 내가 양보할게."

일단 외형적으로 딕스는 롤링보다 크다.

그리고 롤링은 싸움을 지지리도 못한다.

일단 주먹으로 붙으면 백전백패가 확실하다.

그러니 수컷끼리 통하는 동정심에 호소한다.

이것이 롤링의 처세술이다.

딕스는 롤링의 얼굴을 자세히 들여다보았다.

욕구불만이 그 얼굴에 너무 적나라하게 쓰여 있다.

보통 이맘때의 남자들은 오직 하나밖에 생각하지 않는다.

여자!

그 시절을 일찍 거쳤기에 딕스는 단숨에 롤링의 상태를 알아보았다.

"롤링, 잘 들어라. 난 여자 친구가 있다. 그리고 내 관심사에 네가 어찌어찌 해보고 싶은 저 여자들은 들어 있지 않아. 네가 저들을 찜 쪄 먹든 날로 먹든 나랑은 상관없다는 이야기지. 그리고 하나만 충고할게."

"저, 정말이지? 정말 그녀들에게 관심 없는 거지? 고마워. 정말 고마워, 딕스. 말해. 뭐든 다 들어줄게."

"하나만 찍어 공략해라. 여기저기 질질 싸고 돌아다니지

말고."

그가 할 소리는 아닌데.

딕스는 롤링의 어깨를 툭툭 쳐준 뒤 일어섰다.

그의 말을 곱씹던 롤링이 멀어지는 그를 향해 소리쳤다.

"또 어디 가?"

"볼일."

"딕스!"

"왜?"

"너, 네가 잘생긴 거 알지?"

"나도 눈은 있다."

흡족한 마음으로 딕스는 롤링의 질문에 대답해 주었다.

"끙, 그 충고… 너를 기준으로 한 충고 아니냐?"

"롤링, 나도… 예전엔… 지렁이였다."

백조가 된 지금, 미운 오리 새끼 시절은 추억이다.

지금이기에 그때의 자신을 인정하고 이렇듯 서슴없이 말할 수 있는 딕스다.

극복한 약점은 자랑스러운 훈장인 법이다.

"뭐? 무슨 말 같지도……."

"내가 너에게 왜 잡소리를 늘어놓겠냐. 어쨌든 내 입장을 분명히 밝혔다. 그리고 내일 이동부터는 부디 떨어져라. 난 시끄러운 거 딱 질색이니까."

뒤돌아선 딕스는 롤링에게 손을 흔들며 사막의 황혼 속으로 그 모습을 감추었다.

간지 작살!

혼자 남은 미운 오리 롤링.

'좆같은 새끼… 어디서 잘난 척이야!'

롤링에게 딕스는 그냥 잘생긴 좆일 뿐이다.

그래도 롤링은 하나는 건졌다.

딕스의 관심이 세 여자에게 아예 없다는 것과 그에게 여자 친구가 있다는 것을.

"여자 친구도 있는 새끼가 잘난 척하긴. 꼭 저런 것들이 사회를 병들게 한다니까. 재수 없는 새끼."

퉤퉤.

제5장

아쥬르의 기념품

사지가 잘린 사막 고블린은 왕성한 생명력을 지니고 있었다.

한데 그러한 놈의 생명력이 급격히 약화되기 시작했다.

딕스는 이를 막아보려 했지만 방법이 없었다.

그저 지켜보는 수밖에.

사막 고블린은 수백 년의 세월을 단숨에 거슬러 올라간 시체처럼 변했다.

바싹 마른 미라가 된 고블린은 사막의 밤바람을 맞아 먼지처럼 흩어졌다.

놈이 사라진 자리엔 동전만 한 크기의 유백색 돌이 하나 남아 있었다.

유백색을 띌 뿐 그 외는 평범한 돌처럼 보였다.

이 돌을 딕스는 용기 내어 집지 못했다.

두어 시간을 돌을 바라보며 고민한 끝에 딕스는 용기를 냈다.

손에 쥐었지만 별다른 일은 발생하지 않았다.

'이건 뭐지?'

사막 고블린들에게서 발생한 미스터리 한 비극적인 사건을 떠올리면 이 돌은 지나치게 평범하다.

마치 그 일이 꿈속에서 일어난 일인 듯했다.

사막의 날씨가 자신에게 황당하고 어이없는 꿈을 꾸게 한 게 아닐까 하는 생각이 딕스는 들었다.

지난 십여 일 동안 밤잠을 잊어가며 관심을 기울였던 게 허사가 된 기분이다.

태산 같은 허탈한 마음을 안고 딕스는 물에 젖은 솜 같은 몸으로 야영장으로 왔다.

모두 내일을 위해 단잠을 자고 있었다.

이틀 후면 이 사막과도 작별이다.

고단한 여정과 불편한 잠자리에도 불구하고 잠든 사람들의 얼굴에 한줄기 선명한 웃음꽃이 피어 있다.

단체로 행복한 꿈이라도 꾸는 걸까? 저 대열에 합류하지 못한 채 방황한 딕스는 자신이 한심스러웠다.

'이깟 돌덩어리 하나 얻자고 내가 그…….'

딕스의 손바닥 장심 부분을 덮고 있는 유백색 돌.

괴이한 능력을 보였던 사막 고블린이 먼지처럼 사라지면서 유일하게 남긴 것이다.

그렇다면 적어도 뭔가 일반적인 모습이 아니거나 색다른 무언가를 보여야 하지 않을까? 그런데 이 돌은 평범해도 너무 평범하다.

불에 구워보고, 얼려보고, 데쳐 보았고, 충격을 주기도 했다.

소용이 없었다.

'사막의 기념품이로군.'

비문명권에서 문명권으로 첫발을 디뎠다.

모래뿐인 단순한 세상에서 색색의 건물과 거리와 매일 보던 사람이 아닌 다른 모습의 사람을 본다.

평범한 일들인데 그 지나온 길이 사막이다 보니 이 모든 것들이 감격으로 다가온다.

"아쥬르여, 영원히 안녕!"

"내 두 번 다시 사막엔 안 가!"

"롤링, 사막 횡단이 멋진 추억이 될 거라고 했지? 안 되면 하프 식당에서 코스 쏜다고 했다. 난 멋진 추억이 아니었어!"

허리에 손을 척 얹으며 렉시가 롤링을 향해 윽박질렀다.

    사막을 벗어난 일에 환호하고 있던 메인과 로리도 즉각 살벌하게 표정을 바꾸며 렉시의 말에 힘을 실었다.

    세 여자가 달려들자 연약한 남자 롤링은 꼬리를 바짝 내린 채 여자들에게 약속을 지키겠노라 말했다.

    그때 이들 쪽으로 딕스가 걸어오고 있었다.

    세 여자는 언제 그랬냐는 듯 조신한 모습으로 딕스를 바라보았다.

    여자들의 태도에 롤링은 화가 났지만 이를 드러내지는 않았다.

    그는 억지웃음을 지으며 딕스를 맞이했다.

    "대금 지불하고 왔어?"

    "안 갔었나?"

    딕스는 자신을 바라보는 네 개의 얼굴을 못마땅한 시선으로 보며 성의 없이 대답했다.

    사막 안내인은 첫 지점과 끝 지점에 협회가 있다.

    출발지에서 대금의 절반을 내고 목적지에서 나머지 돈을 지불하는 방식이다.

    롤링은 딕스의 말에 어색하게 웃으며 눈짓으로 세 여자를 흘끔거렸다.

    "같이 고생했는데 이왕이면 끝까지 함께하면 좋잖아. 더욱이 넌 외국인이잖아."

    여자들 때문에 가고 싶어도 가지 못하고 여기서 기다리고 있었다 하는 것을 롤링의 표정에서 딕스는 눈치챘다.

사실 어제 롤링은 딕스에게 작별 인사를 했다.

그게 무슨 뜻이겠는가.

알아서 각자 찢어지자 하는 말이 아니겠는가.

당연히 딕스는 기쁘게 이를 받아들였다.

그런데 롤링이나 딕스나 가장 중요한 점을 잊고 있었다.

수줍은 표정으로 딕스를 훔쳐보는 세 여자를 말이다.

마음에도 없는 소리를 그냥 예의상 지껄이고 있는 롤링을 세 여자가 진심으로 지원한다.

"딕스, 어디까지 가는지는 몰라도 우리 함께 가자."

"맞아. 혼자서 여행하는 것보단 함께 몰려다니면 재밌고 좋잖아."

"딕스야아~ 우리 함께 가자. 으응?"

꽃들의 포위 속에 딕스는 어색한 웃음을 지었다.

이 모습을 바라보는 롤링은 깊은 좌절을 느꼈다.

딕스는 머리를 살짝 털어냈다.

머리카락 속에 달라붙어 있던 모래가 떨어졌다.

롤링이 이 짓을 했다면 세 여자는 그를 말려 죽이려 작정했을 것이다.

하지만 상대가 딕스이다 보니 다들…

"멋지다!"

"남자답다!"

짝짝짝!

롤링은 부러운 눈으로 딕스를 보았다.

저 우월한 유전자의 십분의 일이라도 자신에게 있었다면 얼마나 좋을까? 루저, 루저, 상 루저! 이 고뇌의 타이틀에서 벗어날 수 있을 텐데.

두꺼운 먹구름이 롤링의 머리 위에만 쫙 깔린 것 같다.

딕스는 롤링을 흘끔 보았다.

저 녀석은 속으로 자신을 갈기갈기 찢어 죽이고 있으리라.

"저는 길이 급해서 서둘러야 합니다. 여럿이 가는 것보단 저 혼자 가는 편이 빠를 것 같습니다. 그러니 여러분의 제안은 아쉽지만 정중히 거절하겠습니다."

웃지 말아야지, 정색하며 이 말을 해야지 해놓고 그만 마지막에 딕스는 미소를 보이고 말았다.

남들이 흔히 말하는 어장 관리. 의지와 상관없는 본능이다.

여자들은 딕스의 그 미소에 환장했다.

위엄으로 빛나는 사내다운 눈매, 날렵하고 조각 같은 턱 선과 강인한 느낌의 광대와 우수가 느껴지는 콧날(?). 저 작은 얼굴에 그 모든 것이 최상의 빛을 뿜어대며 자리하고 있다.

거기다 환상적인 신체 비율까지!

하룻밤의 사랑이든 영원한 사랑이든 한 번쯤 그와의 로맨스를 여자들은 간절히 꿈꾸었다.

여자들의 애정에 사육당하고 싶었던 롤링은 그 뜻과 상관없이, 바람과 달리 완전히 방목됐다.

"일단 밥부터 먹어요. 제가 살게요."

"다과는 제가!"

"술은… 제가요."

여자들의 말에 롤링은 충격을 받았다.

밥, 차, 과자, 술…

이건 남자들만 사는 것으로 알고 있었고 실제로 혼자서 그 모든 경제적인 지출을 감당해 왔다.

여자들은 자신을 치장하는 돈이 많이 들어가 여유가 없을 것이라 생각했다.

여자들의 물건은 하나같이 값비싸서 그렇게 여겼다.

그런데 지금 보니 여자들도 밥 사고 술 사고 다 할 수 있는 여력을 보유하고 있었다.

롤링은 이를 갈며 딕스를 보았다.

그가 잘못한 것은 없다.

굳이 하나를 꼽으라면 잘생겼다는 것뿐.

'딕스, 저 새끼가 더 나쁜 놈이야!'

울컥한 롤링이 내심 이를 갈아붙인다.

"남자는 여자에게 안 얻어먹어. 안 그러냐, 딕스?"

롤링이 봤을 때 딕스는 가난한 여행자였다.

그의 옷차림도 그렇고 몸에 지니고 다니는 장신구도 없고

해서.

그래서 자신의 부로 그를 찍어 누르려 했다.

번데기 앞에서 주름을 잡아도 유분수지 몰라도 너무 모르는 롤링이다.

"왜?"

딕스는 어이없다는 얼굴로 롤링을 보며 반문했다.

"그, 그야 남자니까. 남자가 그런 건 부담해야 하잖아!"

모든 여자들이 남자들에게 이를 세뇌시킨다.

롤링도 그 피해자 중 하나였다.

그리고 이 자리에 있는 세 여자는 입버릇처럼 롤링에게 이리 말했다.

여자에게 얻어먹으려는 남자처럼 재수 없는 남자도 없어하고.

그 말을 철석같이 믿고 있었던 롤링은 여자들이 자신의 말에 호응할 줄 알았다.

하지만.

"롤링, 시대가 어떤 시댄데 그런 구닥다리 생각을 아직도 하고 있니? 정말 너 한심하다."

"그러게. 얼굴만 노안이 아니고 생각도 노안이네."

"딕스, 우린 깨어 있는 여자들이야. 그러니 절대 미안해하거나 움츠러들지 마. 그리고 참고로 말하는데 우리 집이 좀 부자야."

"우리 집도 잘살아!"

"나도!"

딕스는 고개를 살짝 흔들다 이내 제 앞머리를 살짝 쓸어 넘겼다.

이를 보고 또 환장하는 여자들이다.

"일단 배도 고프고 하니 밥이나 먹으러 가죠."

억만금이 있는 딕스였지만 그는 검소함이 몸에 박힌 인물이다.

그런 그를 여자들이 밥과 차와 과자와 술로 유혹했다.

지금 마을을 떠나 봐야 노숙이다.

지겨운 그 노숙을 또 하느니 오늘 하루는 제 몸에 휴식을 주는 것도 나쁘지 않다.

더욱이 공짜가 아닌가!

"잘 생각했어. 딕스는 성격도 미남인 것 같아."

"그러게. 완전 칼 같은 성격이야."

"딕스 매력 쩐다, 진짜."

세 여자는 딕스가 달아나지 못하도록 엄중히 포위하며 식당으로 향했다.

홀로 남겨진 루저 롤링.

지나가던 까마귀 한 마리가 그의 정수리에 똥을 싸고 간다.

까아아아아~악!

그럼에도 롤링은 그냥 가만히 서 있을 뿐이다.

그렇게 한참을 서 있던 녀석의 두 눈에 스산한 기운이 맺혔다.

'관심 없다고 해놓고서… 그래 놓고서 이제 와서… 비열한 개새끼!'

롤링의 분노가 딕스에게로 향한다.

그의 분노는 결코 해서는 안 될 짓을 하게끔 만들었다.

격정에 휩싸인 롤링이 어딘가로 바삐 걸음을 놀린다.

세 여자는 롤링이 있었다는 것조차 잊어버렸다.

딕스 역시 녀석을 신경 쓰지 않았다.

맛있는 공짜 음식이 눈앞에 펼쳐져 있다.

제 가족도 아니고 친구도 아닌 녀석을 신경 쓸 만큼 딕스는 너그럽지도 착하지도 않다.

"딕스, 여자 친구 있어? 아! 있다고 했었지."

"어디 있어?"

"어떤 사람이니?"

딕스는 자신을 뚫어져라 응시하는 세 여자를 보며 코끝을 잠시 찡긋거렸다.

얻어먹는 입장에서 어찌 베풂의 미덕을 보이는 자들의 마음에 상처를 내랴!

"여자 친구? 없는데."

레이첼과 시모나는 여자 친구가 아니다.

장래 부인 될 사람. 그러니까 약혼녀다.

딕스는 자신을 합리화시킨다.

그의 말에 세 여자가 크게 기뻐하며 필요 없는 음식을 더 주문한다.

세 여자는 앞서 롤링에게서 그에게 여자 친구가 있다는 말을 들었다.

하나 이들은 롤링의 말을 믿지 않았다.

아니, 설사 딕스에게 여자 친구가 있더라도 그게 무슨 상관인가.

자고로 사랑은 쟁취인 것을.

우걱우걱.

열심히 먹으며 딕스는 가끔 그녀들의 말에 맞장구를 쳐주고 가끔 접대용 미소를 지어주었다.

메인, 로리, 렉시는 일반적으로 봤을 때 예쁜 축에 들어간다.

하지만 그녀들의 비교 대상이 레이첼과 시모나가 된다면 이 여자들은 보름달 앞의 반딧불에 불과하다.

딕스의 물주 반딧불들.

"완전 부럽다, 저 시키."

"새끼… 부모 랜덤 잘 타 젊은 나이에 팔자 폈네."

"저게 뭐가 부러워. 진정한 남자란 한 여자만을 바라보는 거야."

우월한 수컷을 향한 남자들의 부러움이 쏟아진다.

그때 한 무리의 병사가 무서운 기세로 식당에 들이닥쳤다.

이들은 곧장 딕스와 세 여자가 식사하는 테이블을 포위했다.

무장한 수십 명의 병사가 들이닥치니 식당은 금세 난장판이 되고 말았다.

헥센 왕국은 최근 이왕자와 사왕자의 대립으로 파벌의 대치가 심화되어 있었다.

어떤 곳에선 영지전을 가장한 세력 대결이 벌어지기도 했다.

참고로 딕스가 머물고 있는 이 마을은 이왕자의 세력권이다.

"무슨 짓들이에요?"

세 여자 중 렉시가 나서서 병사들에게 소리쳤다.

얼굴에 칼자국이 있는 장교 하나가 앞으로 성큼 걸어 나왔다.

장교보다는 산적이나 수적이 더 잘 어울리는 인상이다.

흉기와 같은 장교의 외모에 렉시를 비롯해 로리와 메인이 입을 다물었다.

일행 중 딕스만이 앉아서 여유롭게 식사 중이었다.

이 일과 자신은 전혀 상관이 없다는 듯한 모습이다.

장교의 눈길이 딕스를 향했다.

"신고가 들어왔다. 부드러운 동행과 거친 동행, 두 가지가 있다. 난 후자라도 상관없다."

갈빗대에 붙은 살을 마지막 한 점까지 싹 뜯어 먹은 딕스는 그제야 눈길을 흉악한 인상의 장교에게 주었다.

"신분증부터 요구해야 하는 거 아닌가? 그게 일반적인 과정 같은데."

흉악한 인상의 장교와 수십 명의 무장한 병사는 분명 일반인에겐 위협이 된다.

그러나 딕스에게 저들은 새 발의 피요, 손가락으로 굴리고 있는 코딱지에 불과하다.

딕스가 보이는 여유와 자신감에 듬성듬성 칼자국이 난 장교의 눈썹이 꿈틀거렸다.

"그건 내 맘이다, 애송이. 뭐 해. 저 새끼 연행해."

장교가 병사들에게 소리치자 딕스의 근처에 있던 병사 둘이 그에게 다가왔다.

겉으로 봐서 딕스는 무기가 없다.

그래서 두 병사의 얼굴엔 긴장감이 보이지 않았다.

딕스는 잠시 고민했다.

이대로 끌려갈 것인지, 아니면 저들을 모조리 제압한 뒤 유유히 사라질 것인지를.

잠깐의 시간에 불과했지만 나름 깊게 고민한 딕스의 눈길에 구경꾼들 틈에 숨어 있는 롤링이 보였다.

식당에 들이닥친 병사들은 일말의 망설임도 없이 자신을 포위했다.

이는 저들이 자신을 정확하게 알고 있기 때문에 가능하다.

'저 녀석인가? 하아, 정말… 찌질함의 끝판을 보이는군.'

딕스는 이 모든 상황을 정리하고 마을을 떠나기로 결심했다.

그렇게 천천히 일어서던 딕스의 눈길이 우연처럼 창밖으로 잠시 스쳤다.

무심결에 본 장면이 딕스의 표정을 경직시켰다.

방금 그는 누군가를 보았다.

딕스의 얼굴은 놀라움의 발전 과정을 빠르게 보여주고 있었다.

장교와 병사들과 사람들은 그제야 그가 겁을 먹은 것이라 생각했다.

하지만 이는 그들의 오해였다.

'싸… 쌍마?!'

그의 눈길에 스치듯 잡힌 두 인간은 똑같은 옆얼굴을 하고 있었다.

어둠 속으로 사라지는 그들의 뒷모습 역시 닮았다.

옷차림과 체형.

자신이 본 것이 쌍마라면, 그렇다면 이곳에 룩센도 있을 수 있다.

이러한 생각이 스치자 딕스의 등은 식은땀으로 흥건해졌다.

딕스는 사람들이 반응할 틈도 주지 않고 안개를 식당에 생성한 뒤 여기에 수면 약을 타버렸다.

독과 수면 약은 그의 생활필수품이다.

모두를 잠재운 딕스는 식당의 불을 모두 껐고 모든 창문과 문을 닫아버렸다.

여관 3층 객실 복도 창가로 단숨에 뛰어간 딕스는 벽에 등을 착 붙인 채 조심하며 창밖을 응시했다.

인구 밀집 지역인 도시는 아니지만 많은 이들이 살고 있는 곳이다.

인간, 동물, 몬스터와 살기만 구별할 수 있는 물의 척후의 효용성이 이곳에선 현저히 떨어진다.

이 마을 전체가 자신의 적이라면 눈을 감고 천 리를 보는 자가 되겠지만 적과 아군을 구분해야 하는 처지에서 딕스에게 이곳은 무척이나 난감한 장소였다.

쌍마를 찾지 못한 딕스는 반대편 복도 창문으로 뛰어갔다.

다시 창밖을 살피던 딕스는 이번에는 쌍마를 발견할 수 있었다.

'룩센은 보이지 않는데?'

쌍마의 위력은 강력하다.

이들이 결심하면 어지간한 영지는 단 하룻밤도 버티지 못하고 몰락하고 만다.

그만큼 가공할 능력자들이지만 딕스에게 쌍마는 그리 두렵지 않은 자들이다.

딕스는 쌍마가 들어간 건물을 보았다.

이곳과 마찬가지로 식당과 여관을 겸하는 곳이다.

'저 방이 적당하겠군.'

건물의 위치를 확인한 딕스는 객실 문을 열려 했지만 안쪽에서 잠겨 있어 열지 못했다.

콰지직.

물의 힘을 집중해 안쪽 자물쇠를 부순 딕스는 안으로 곧장 들어갔다.

침대엔 벌거벗은 남자가 쓰러져 있었고 욕실 욕탕엔 여자가 보였다.

남자는 늙었고 여자는 젊었다.

뻔한 스토리다.

딕스는 남녀에 대한 신경을 끊고 창가로 향했다.

복도에서 보던 것보다 여기서 보니 쌍마가 들어간 건물이 훨씬 잘 보였다.

문제는 저곳에 룩센이 있느냐다.

그때 맞은편 건물 옥상에 검은 그림자들이 서성이는 게 보였다.

쌍마도 그 무리에 합류했다.

"뭘 하려는 거지?"

쌍마 중 형인 웜슨이 침중한 표정으로 넓은 옥상을 둘러본다.

그의 동생 웜마는 한 사내를 향해 곧장 걸어갔다.

딕스가 보았던 자들이다.

이 무리의 리더인 사내가 정중한 태도로 웜마에게 인사를 건넨 뒤 상자 하나를 그에게 내밀었다.

웜마는 상자를 갖고 난간에 서 있는 형 웜슨에게로 걸어가 상자를 내밀며 말했다.

"여기 있어."

웜슨은 이를 즉시 받아 들지 않고 마을의 야경을 보았다.

명화를 감상하는 관객처럼 진지하고 조심스러운 태도다.

형의 태도에 웜마는 불만을 드러내지 않았다.

웜마의 기다림은 오래 걸리지 않았다.

"줘봐라."

웜슨이 손을 내밀고 웜마가 상자를 건넸다.

옥상에 있던 사내들이 한곳에 모여 이들 형제를 바라보고 있었다.

"웜마."

"왜?"

"우리가 잘하는 짓인지 모르겠구나."

"삶은 희생이라며?"

윔마의 말에 형 윔슨은 고소를 지으며 상자를 열었다.

상자 안엔 동전만 한 유백색의 돌 다섯 개가 들어 있었다.

이 돌은 딕스가 사막 고블린에게서 얻은 것과 크기와 색깔이 같았다.

굳은 얼굴로 윔슨은 상자를 바닥에 내려놓았다.

그 위치는 모닥불을 피우기 위해 쌓아놓은 장작 위다.

옥상에서 불을 피우는 행위는 불법이다.

하지만 여기 있는 그 누구도 이를 문제 삼지 않았다.

모닥불에 불이 붙었다.

불길은 유백색의 돌을 가열했다.

보기엔 그냥 돌을 굽는(?) 것 같지만 지금 이 행위에 가려진 진실은 가볍지도 않고 일상적이지도 않다.

윔슨이 품에서 작은 자기로 된 병을 꺼냈다.

윔마를 비롯해 옥상에 있던 자들이 모두 윔슨의 자기 병을 주목했다.

쪼르륵.

모닥불에 비친 것은 붉은 액체로, 비릿한 냄새가 났다.

액체는 불에 달궈진 유백색 돌 위에 떨어졌다. 돌의 표면이 쩍쩍 갈라지더니 기체가 되었다.

뭉쳐진 기체가 떠올랐다.

바람의 이타(H) 마법사가 웜슨이다.

그는 견습 마법사라면 누구나 할 수 있는 가벼운 바람을 일으켰다.

그러나 이 바람은 인간에 의해 조정 받는 바람이다.

바람을 만난 기체가 사방으로 흩어지기 시작했다.

딕스는 이를 보았지만 떨어져 있었기에 유백색의 돌에 대해 전혀 알지 못했다.

그가 본 것은 지금 바람에 흩어지고 있는, 아니, 보내지고 있는 기체였다.

기체는 바람에 의해 어둠으로 스며들었다.

딕스는 정체불명의 기체가 침입하지 못하도록 건물 안으로 들어오는 모든 입구를 안개로 막아버렸다.

쭉 지켜본 딕스는 룩센이 이곳에 없을지도 모른다는 결론을 내리고 있었다.

'그 기체는 뭐지?'

장난은 아닐 것이다.

분명 무슨 의도가 있음이다.

저들은 무엇을 바라는 걸까? 딕스는 내심 의문이 해일처럼 일어났다.

물의 척후로부터 살기가 사방에서 분출되고 있음이 보고됐다.

딕스 역시 살기를 이미 감지하고 있었다.

살기의 감지는 일종의 기술이다.

지금 갑자기 불거지고 있는 이 살기는 비수련자라도 단숨에 알아차릴 만큼 크고 강렬했다.

"끄아아아아—악!"

"아아악!"

"으아아아악!"

충천한 살기의 영향을 마을은 도미노처럼 받았다.

살기에 지배당한 자들과 그렇지 않은 자들이 싸웠다.

작은 남자아이가 살기를 분출하고 있었다.

아이는 건장한 체구의 성인 남자 둘의 머리통을 힘들이지 않고 간단하게 부수어 버렸다.

도구 따위는 쓰지 않았다.

제 주먹으로 그와 같은 끔찍한 일을 저질렀다.

살기를 뿌리는 자들은 정상인들만 공격했다.

딕스는 그 기체가 이와 같은 상황을 연출했음을 깨달았다.

'뭐, 뭐지?

화들짝 놀란 딕스는 거리의 상황을 더욱더 자세히 보기 위해 눈에 힘을 주었다.

거리는 아수라장이었다.

건물의 외벽 창으로 보이는 내부의 상황도 마찬가지였다.

가족이었던 자가 갑자기 학살자로 돌변했다.

연인이었던 자가 자신을 죽이려 했다.

평화롭던 마을이 광풍에 휩싸였다.

비명과 악다구니, 당혹함이 사방에서 폭발했다.

건물에 있던 자들이 혼비백산해 거리로 뛰어나왔다.

이들은 사력을 다해 도움을 호소했지만 누구도 이들을 돌아보지도 다가가지도 않았다.

다들 제 앞가림하기에도 바빴다.

"저 새끼들… 무, 무슨 짓을 한 거야?"

사람들이 미쳐 날뛰었다.

그런데 단순히 미쳐 날뛰는 수준이 아니다.

어린아이가 성인 남자를 대수롭지 않게 잡아 죽인다.

오륙 미터 높이에서 떨어졌는 데도 몸 하나 다치지 않은 노인도 보았다.

쌍마는 이를 관전하고 있었다.

딕스는 이들을 노려보았다.

마을이 미쳐 발광하는 것은 놈들의 짓이다.

처음부터 이를 보지 않았다면 무슨 일인지 전혀 몰랐을 것이다.

하지만 처음부터 끝까지 다 보았기에 알 수 있다.

딕스가 있는 건물 안으로 광분한 자들이 뛰어들었다.

안개의 물리력으로는 이자들을 막기에 역부족이다.

이 건물 전체는 딕스의 수면 안개로 인해 생물체는 모두 잠든 상태다.

뛰어든 놈들은 바닥에 발을 딛자마자 전신이 결빙되어 소리 없이 바스러졌다.

이건 시작에 불과했다.

연이어 건물 주변의 다른 놈들이 내부로 들어왔다.

이자들 역시 앞서의 놈들처럼 그렇게 제거당했다.

이 마을에서 딕스의 가호를 받는 이 건물만이 재난에서 비켜가고 있었다.

나서야 할까 말아야 할까? 이를 두고 딕스는 고민했다.

걷잡을 수 없는 불이다.

지금 상황에서 자신이 뛰어들어 봐야 사태의 해결과 진정은 어렵다.

엎질러진 물이라면 쉽게 담을 수 있겠지만 밖에서 벌어지는 상황을 보니 엄두가 나지 않는다.

무엇보다 이곳은 쌍마를 상대하기에는 불리한 지형이다.

그는 나서지 않고 기다리기로 했다.

지금의 이 행위를 벌인 놈들의 목적이 무엇인지 파악하는데 주안점을 두기로 했다.

살려고 발버둥 치는 자, 왜 도와주지 않느냐며 원망을 토하는 자, 싸워보겠다고 나섰다가 단숨에 비명횡사하는 자들까지.

마을은… 거대한 도살장이 되어 있었다.

"으아아아아아아아아―!"

딕스도, 쌍마도, 그리고 살기를 분출했던 주민들이 모두 사라진 마을.

수면 안개의 영향에 깊이 잠들었던 사람들이 하나둘 깨어났다.

롤링과 세 여자가 딕스를 찾았다.

인상이 험한 장교와 병사들과 식당의 손님들 역시. 하지만 아무 곳에도 없었다.

"그 녀석, 사악한 마법사야!"

기억을 더듬던 롤링이 손뼉을 치며 소리쳤다.

사람들은 그제야 안개를 떠올렸다.

하지만 안개와 딕스를 연관시킬 증거는 없었다.

"틀림없다고! 우리 중에 오직 그만 없잖아요. 그리고 그 자식, 우리랑 함께 사막을 건넜는데 밤만 되면 사라지곤 했어요. 분명 사악한 마법을 부리는 놈일 거예요."

사람들은 반신반의했다.

그때 몇몇 사람이 식당 밖으로 나갔다.

"헉!"

"이, 이럴 수가!"

"꺄아아아악!"

이들의 비명과 당혹함과 두려움을 듣고 식당에 있던 자들이 우르르 밖으로 나왔다.

사람들은 모두 얼어붙고 말았다.

머리통이 터지고, 목이 홱 돌아가고, 사지가 부러지거나 찢겨지고, 내장이 터져 나온 시체… 시체.

정적으로 뒤덮인 마을은 온통 시체밖에 없었다.

"우웩!"

롤링은 벽을 짚고 토악질을 했다.

"그 자식이 분명 사악한 마법을 부린 거라고요! 우웩!"

부모를 죽인 원수라도 되는 듯 롤링은 딕스를 흉악한 범죄자로 몰고갔다.

눈앞에 펼쳐진 끔찍한 상황에 사람들은 스스로를 진정시킬 무언가가 필요했다.

식당 안에서는 다들 롤링의 말을 온전히 받아들이지 않았다.

하지만 이 장면을 보니 누군가에게라도 원망의 화살을 쏟지 않고서는 도저히 참을 수 없었다.

겨우 정신을 수습한 사람들이 부랴부랴 제 집으로 달려가며 가족의 이름을 울음 섞인 목소리로 불렀다.

인상이 흉악한 장교가 돌아서서 롤링을 보았다.

장교의 인상과 살벌한 분위기에 움츠러든 롤링.

"그 녀석에 대해 아는 거… 다 진술해라."

쌍마가 저지른 일을 롤링으로 인해 딕스가 덤터기를 쓰게 생겼다.

이 중에서 냉정하게 사태를 바라보는 시각을 가진 자가 있었다면 상황은 변질되지 않았으리라.

쌍마는 살기를 분출하던 자들을 모아서 마을을 떠났다.

살겁의 흔적이 마을 곳곳에 남아 있었다.

딕스의 수면 안개에 당한 자들만이 유일한 생존자들이다.

마을을 뒤로하고 딕스는 쌍마와 그 무리의 추격에 나섰다.

남녀노소가 그 무리에 속해 있다.

한데도 그들의 이동속도는 구성원과 맞지 않게 기민했다.

쌍마를 추격한 지 이틀.

강 하나가 나왔다. 인가를 찾아볼 수 없는 곳이다.

"형님, 또 손에 식은땀이 나는군요. 하아."

웜마가 쓴웃음을 지으며 형 윕슨을 본다.

"나도 조금 긴장되는군."

형제에게 평생 지워지지 않을 끔찍한 장소는 다리에 강이
다.

그곳에서 두 사람은 깊은 좌절을 맛보았고 싸늘한 죽음의
깊은 그림자를 보았다.

이후 두 형제는 물에 대한 두려움을 갖게 됐다.

이들 형제에게 씻을 수 없는 공포감을 심어준 딕스가 멀리
서 이들을 보고 있었다.

큰 배 한 척이 나타났다.

접안 시설이 없기에 배는 강가로 오지 못했다.

대신 배에서 보트 세 척이 내려졌다.

그와 동시에 웜마가 마을 주민들에게 명령했다.

"이동."

그 한마디에 물속으로 뛰어든 주민들은 배를 향해 빠르게 이동했다.

쌍마와 그 일당은 뒤에서 이를 모두 지켜본 후 한 사람의 낙오도 없이 모두가 승선한 것을 확인한 후 보트에 올랐다.

이들을 태운 배가 출발하는 것을 본 딕스는 곧장 강물로 뛰어들었다.

'제국이 아니라… 마굴이구나. 마굴!'

딕스의 얼굴이 경직되어 풀어지지 않는다.

제국의 가면 뒤에 숨어 있는 힘과 악이 너무 거대하다.

알아갈수록 꺼려지고 두려워지는 나라다.

소름이 딕스를 뒤덮는다.

쌍마가 승선한 배는 헥센의 삼대 젖줄인 로브르 강을 거슬러 북상했다.

배는 세 개의 갈림길을 만났다.

그곳에서 배는 헥센 왕국의 수도가 아닌 북쪽으로 향했다.

배는 십여 일을 이동한 뒤 쌍마와 사람들을 내려놓았다.

'여기 있었군, 룩센.'

억새풀 밭 바위에 룩센이 심드렁한 표정으로 앉아 와인을 마시며 육포를 베어 물고 있었다.

쌍마가 그에게 업무를 보고했다.

그럼에도 듣는 둥 마는 둥 했다.

룩센의 성격을 알기에 쌍마는 더 이상 상관치 않고 사람들을 이끌었다.

딕스는 룩센이란 복병(?)에 막혀 오도 가도 못하고 멀리서 지켜볼 수밖에 없었다.

어차피 눈으로 식별하지 않아도 물의 척후를 통해 놈들이 어디로 이동하는지는 알 수 있다.

강변엔 룩센만이 남았다.

룩센을 꺼려 했던 딕스였다.

한데 막상 그를 보자 대단히 놀라울 만큼 마음이 차분하게 가라앉았다.

룩센은 좀처럼 바위를 떠나지 않았다.

해 질 녘이 되어서야 룩센은 자리를 털고 일어났다.

예전에 딕스를 놀라게 했던 바로 그 기술로 바위 머리에서 눈 깜짝할 사이에 사라졌다.

물의 척후로 룩센을 수색하는 딕스다.

이곳 주변의 동물과 사람과 몬스터의 숫자와 위치는 이미 파악해 두었다.

여기에 새로운 존재감이 더해지는 지점이 룩센이 나타난 장소일 것이다.

눈 깜짝할 사이에 움직이는 저 괴이한 기술로 룩센은 대체 얼마나 멀리 갈까? 먼지 같은 내용이지만 딕스에겐 결코 무시할 수 없는 정보였다.

그렇게 모든 감각을 곤두세웠던 딕스.

십 분이 지나고 어느새 삼십 분이 되었지만 새로운 존재감을 보고하는 물의 척후는 없었다.

'놈의 저 능력은 도무지… 하아.'

딕스는 자신이 사용 가능한, 그리고 앞으로 개발할 기술들을 모두 이용하더라도 룩센을 이길 자신이 없었다.

상대의 이동 경로와 나타날 장소를 전혀 예측하지 못하는데 어찌 미리 손을 쓰겠는가.

또다시 자신의 목뒤를 내주는 끔찍한 경험을 하게 될지도 모른다.

딕스의 마음은 돌덩이가 되었다.

그것은 불안감이란 이름의 돌덩이였다.

광폭했던 괴력의 남녀노소는 언제 그랬냐는 듯 온순한 양민처럼 행동했다.

이들은 기존에 있던 마을에 들어가 그곳의 주인이 되었다, 자연스럽게.

한데 그 마을엔 사람이 한 명도 살고 있지 않았다.

사람의 손길이 닿지 않은 곳은 티가 나게 마련이다.

하지만 그러한 흔적을 이 마을에서는 찾아볼 수가 없었다.

'대체 뭘 하려는 수작이지?'

마을이 내려다보이는 우거진 동산을 근거지로 삼아 딕스는 놈들을 관찰했다.

놈들의 저 기이한 행동엔 필시 이유가 있을 터였다.

그렇게 얼마 동안 관찰자로 지내던 딕스는 개인 마도 통신기를 통해 연락을 받았다.

딕스는 이곳에 제국이 파견한 자들이 있음을 공국 정보국에 알렸다.

정보국은 딕스의 정보를 토대로 조사를 했고 오늘 그 정보가 인편으로 도착했다.

마을을 뒤로한 딕스는 정보원을 만나기 위해 움직였다.

그곳에서 딕스는 의외의 인물을 보게 되었다.

"라스 경이 아닙니까?"

"노고가 많으십니다, 딕스 경."

"별말씀을. 한데 어찌 라스 경이 여기까지 오셨습니까?"

실무 경험이 풍부한 라스는 본국에서 제국의 정보를 취합하고 분석하는 업무를 맡았다.

이는 그의 능력을 높이 평가한 엘리자베스 공주의 적절한 인선이었다.

현장이 아닌 정보 분석실에서 근무해야 할 라스 차장의 등장은 딕스에게 반가움과 걱정을 동시에 불러일으켰다.

"일단 이걸 보십시오."

라스가 봉투 하나를 딕스에게 내밀었다.

봉투와 라스를 번갈아 보던 딕스는 봉투를 개봉했다.

봉투에서 나온 것은 딕스의 초상화였다.

누가 그렸는지 몰라도 그를 거울처럼 그림에 잘 담아냈다.

하지만 딕스의 놀람은 제 초상화(?) 때문이 아니다.

"쥬본 마을의 학살이 나와 관련이 있다니… 하아."

자신의 초상 아래 현상금 1만 골드가 꼬리표처럼 달려 있었다.

"딕스 경의 보고를 통해 우리는 이 사실을 잘 알고 있었지만 이를 헥센에 통보할 수는 없었습니다."

"이거 언제부터 나돌았습니까?"

딕스의 얼굴은 가벼운 황당함을 드러냈다가 곧 무겁게 경직되었다.

"며칠 되었습니다."

"이 지역에도 뿌려졌습니까?"

"예."

심상치 않은 딕스의 표정에 라스 역시 긴장하긴 마찬가지였다.

이번 사왕자 암살 문제를 해결하면 이런 수배쯤이야 얼마든지 풀 수 있다.

하지만 그 전까지는 암중에서 제국의 마수를 막아야 할 상황이다.

이를 위해 현장 경험이 풍부한 라스가 헥센으로 급파됐다.

"라스 경, 제가 알아보라 했던 건 어찌 되었습니까?"

일의 우선순위를 나눈다면 첫째는 사왕자의 암살을 막아 그가 헥센의 대권을 쥐게 해야 한다.

그리되면 자신의 수배도 자연스레 풀리게 될 것이다.

반대의 경우엔 헥센과 뮬의 관계가 자신으로 인해 크게 악화될 수 있었다.

뭐, 이왕자가 대권을 쥐면 헥센과 제국이 배꼽을 맞출 테니 어차피 사이는 멀어지겠지만.

아무튼 지금 중요한 것은 사왕자를 지키는 일이다.

룩센과 쌍마, 그리고 괴력의 남녀노소들의 무거운 엉덩이의 이유를 아는 게 시급한 문제다.

"사왕자의 북부 순방 경로를 알아보니 딕스 경이 말씀하신 마을이 포함되어 있었습니다. 놈들은 그 마을 자체를 사왕자를 제거하기 위한 개미지옥으로 삼으려는 의도인 것 같습니다. 이는 문제의 소지를 제거하기 위한 전통적인 암살 방법입니다. 하지만 여기서 눈여겨볼 게 있습니다. 제국의 계획이나 규모가 지나치다는 겁니다. 이는 깊이 의심해 봐야 할 부분입니다."

룩센과 쌍마 중 한 명만 나서도 사왕자의 호위 수준이 어떨지는 모르지만 왕자는 벼랑 끝에 선 처지라 봐야 한다.

한데 이 셋이 함께 헥센으로 넘어와 있었다.

리안 부족 연합의 실패를 교훈 삼아 일에 철저를 기하는 것이라면 좋겠지만.

'룩센도 내가 헥센에 들어와 있음을 알고 있다는 소리군.'

룩센과는 되도록 마주치고 싶지 않은 딕스다.

아직 비장의 한 수를 마련하지 못한 입장이기에 더 그렇다.

한데 상황을 보니 룩센과 충돌을 면하긴 어려울 듯싶었다.

만약 놈과 붙는다면 승산은 몇 퍼센트나 될까? 딕스는 무거운 마음으로 고개를 내저었다.

"라스 경, 내 하나만 당부하겠습니다."

룩센은 딕스에게 있어 현재는 넘볼 수 없는 산이다.

더욱이 이 산 뒤에는 제국이란 거대한 산맥이 망망대해처럼 버티고 있다.

제국을 상대하는 공주의 방식, 북부 동맹의 취지는 좋다.

문제는 겉으로 드러난 제국의 위력보단 저들의 저력이다.

겁이 나지 않는다면 이는 새빨간 거짓말이다.

딕스의 심상치 않은 표정과 말투에 라스는 숨을 들이켜며 그를 보았다.

라스가 본 딕스는 언제나 여유를 잃지 않는 자였다.

한데 그런 인물이 지금 언제 끊어질지 모를 실처럼 팽팽한 긴장감을 드러내고 있었다.

"말씀하십시오."

"한 시간만 여기서 기다려 주시오."

라스를 기다리게 한 후 딕스는 가족과 지인들 앞으로 비장한 심정으로 편지를 써 내려가기 시작했다.

아니, 이건 편지가 아니라 그의 눈물이었다.

그는 자신의 목숨을 칼끝에 내걸었다.

'하아, 한 시간 가지곤 어림도 없겠네.'

아는 사람이 너무 많다.

그중에서도 몇 마디 남기고픈 사람은 손발의 가락으로도 모자라다.

유언장을 작성한 딕스는 라스에게 이를 건네주며 한마디 했다.

자신이 혹시 잘못되면 편지를 전해달라 신신당부했다.

"딕스 경……."

"사왕자가 이곳으로 오기 전에 제가 할 수 있는 모든 방법을 다 동원해서 개미지옥을 메워 버리겠습니다. 그러나 혹시라도 일이 실패한다면 뒷일은 라스 경이 알아서 처리해 주십시오."

딕스의 얼굴에 웃음꽃이 피어났다.

장렬하고 슬픈 분위기가 되지 않을까? 이를 내심 저어했던 그는 너무도 편안하게 웃는 자신에 대해 깜짝 놀랐다.

좀 특이하고 멋진 구석이 있긴 하지만 죽음이 목전에 있음에도 이리 초탈할지는…

라스를 남겨둔 딕스는 다시 예의 그 개미지옥 마을로 향했다.

"딕스 경, 딕스 경!"

"······?"

"공주님이 굉장히 슬퍼하실 겁니다. 딕스 경을 숨어서 배웅하던 공주님의 뒷모습을 보았습니다. 이 말… 꼭 해주고 싶었습니다. 그럼 무운을 빌겠습니다."

몸을 돌린 라스가 한줄기 바람처럼 사라졌다.

멋진 뒷모습을 보여주려 했는데 막판에 실패했다.

'가진 게 너무 많아. 많아서 두고 가기가… 정말 싫잖아!'

하나 어쩌겠는가.

비겁하게 도망치기는 싫으니.

제6장

세계의 진실을 담는 자

딕스는 쥬본 마을에서 학살을 자행한 유력한 용의자로 수배 중이다.

머리털 나고 2만 골드라는 어마어마한 현상금까지 걸렸다.

현상금이 순식간에 불어났다.

지금은 그쪽엔 아예 신경조차 쓰이지 않았다.

사느냐, 죽느냐!

그 절체절명의 순간이 바로 코앞에 닥쳤는데 그쯤이야.

쪼르륵.

남들은 돈이 생기면 집과 마차를 사거나 평소 갖고 싶었던 것들을 산다.

하지만 딕스는 사부이자 예비 장인인 파울에게 1억 골드란 거금을 받아놓고 이제껏 단 한 푼도 쓰지 않았다.

1억이란 숫자의 마력을 훼손할 수 없었기 때문이다.

보고 있어도 배부르는 일이 실제 가능하다는 것을 딕스는 통장의 잔고인 1억 골드를 통해 깨달았다.

치이이익.

강력한 산성 액체가 용기 밖으로 튀었다.

몇 방울의 액체가 딕스의 옷에 닿았다.

그러자 옷은 순식간에 녹아버렸다.

"노, 놀랬잖아!"

엉덩방아를 찧은 딕스의 얼굴이 하얗게 질려 있다.

까딱 잘못했으면 순식간에 한 줌의 독수가 될 뻔하지 않았는가.

부르르.

"휴우, 내가 이게 무슨 짓이람."

주저앉은 그는 그 자리에서 한참을 일어나지 못한 채 신세한탄에 빠졌다.

딕스는 파울이 준 1억 골드를 강력한 독약을 구입하는 데 사용했다.

물론 다 쓰지는 않았다.

정확하게 120만 골드!

비밀 엄수는 확실해서 좋지만 폭리를 취하는 어둠의 루트에서 구입하다 보니 영수증을 발급받지 못했다.

온전히 이는 그의 호주머니에서 나가는 것이다.

몹시 아까웠지만 목숨이 왔다 갔다 하는 상황에선 보고 있어도 배부른 돈 따위는 눈에 들어오지 않았다.

"동화책에나 나올 법한 음침한 악당 마법사가 된 것 같군."

룩센과 쌍마와 그 괴력의 남녀노소를 모조리, 쥐도 새도 모르게 단숨에 녹여 버리기로 작정한 딕스다.

악독하다고? 양심의 가책도 살아 있을 때나 느끼는 법이다.

그는 성인군자도, 대인도, 현자도 아니다.

자신의 창창한 앞날을 어떻게 해서든 꼭 사수하고 싶은 십 대의 소년이다.

십 대. 이 얼마나 눈부신 이름인가.

한데 여기서 뒈져 버린다면 이 얼마나 원통한 일인가.

'힘내자, 딕스. 넌 할 수 있어. 할 수 있다! 아자자자!'

스스로 용기를 북돋으며 힘차게 일어서는 딕스다.

다시 시작이다.

그는 생각을 차분하게 가라앉힌다.

놈들을 모조리 한 줌의 독수로 만드는 데 필요한 산성 액의 양.

120만 골드어치의 산성 액을 모조리 다 쓰는 건 지나친 과소비다.

한두 푼 하는 것도 아닌데.

그래도 필요하다면.

"일단 소 한 마리를 녹이는 데는 이 정도의 양이면 되는군. 음… 좋았어!"

딕스는 룩센 일당의 숫자를 계산했다.

물의 척후를 통해 알아본 적들의 숫자 곱하기 세 배의 산성액을 들이부을 생각이다.

확실하게 놈들을 보낼 생각에서.

"흐흐흐흐."

놈들은 잠을 자다가 강력한 산성 안개를 덮어쓰게 될 것이다.

룩센을 상대로 온갖 방법을 강구하던 딕스는 현재 자신의 가장 확실한 무기를 더욱 강화시키기로 했다.

그것은 바로 안개였다.

마법 골렘의 경우 마나의 집약 현상이 강렬하다 보니 소드 익스퍼트급 이상의 능력자들은 이를 단숨에 알아차린다.

룩센과 쌍마 같은 이들은 오죽하겠는가.

하나 이런 귀신같은 놈들도 알아차리지 못하는 게 있었다.

여러 번에 걸쳐서 확인한 것이다.

그동안 안개를 다루는 딕스의 능력은 비약적으로 발전했다.

적어도 안개라는 부분에 있어서 그는 전설과 신화에 등장하는 무적의 그랜드마스터급이라 보면 된다.

딕스의 무기는 크게 세 종류로 나눌 수 있다.

전천후 공격 병기 마법 골렘 시리우스, 그 어떤 마법사도 가지고 있지 못한 물의 척후와 안개가 바로 그것이다.

그 외 하나 더 있지만 이것은 아직 완성된 단계가 아니기에 이를 믿고 나섰다간 분명 큰코다칠 수 있다.

코만 다치면 나서겠지만 목이 날아갈 확률이 높기에 차마 시도할 수 없었다.

비장한 각오로 유서를 쓰긴 했지만 진심으로 그 유서가 배송되기를 그는 바라지 않았다.

참고로 딕스는 이 세 가지 힘을 무리 없이 동시에 다 사용할 수 있다.

십칠 세의 이 어린 대단한 마법사는 그럼에도 룩센과 같은 특이한 능력자를 만나서 고전했고 위협받고 있었다.

분명히 말하건대 이는 그가 약해서가 아니라 룩센이 굉장히 특이한 케이스인 것이다.

"룩센 하나만이라도 잡을 수 있으면… 좋을 텐데."

까놓고 말해 딕스가 가장 우려하는 인물은 오직 룩센뿐이다.

그를 제외하면 쌍마와 맞붙어도 밀리지 않을 자신이 딕스에겐 있었다.

이곳이 강이 아니라서 예전처럼 압승할 자신은 없지만 적어도 상황이 불리하다 싶으면 달아날 수는 있다.

하지만 딕스에게 룩센은 답이 없는 불가사의한 존재였다.

'…일단 수면 안개가 먼저지.'

이틀 내로 사왕자가 이곳을 거쳐 가게 된다.

그가 죽으면 엘리자베스 공주의 북부 5자 동맹은 다리 하나가 없는 사자 신세가 된다.

절름발이 사자가 어찌 제대로 힘을 발휘할 수 있겠는가.

문제는 이쪽은 사잔데, 제국은… 이름 붙이기도 힘든 어마어마한 괴수다.

긴장감을 풀기 위해서 딕스는 명상에 들어갔다.

어둠이… 어둠이 짙게 깔릴 때를 딕스는 그렇게 기다린다.

언제나처럼 어둠이 땅속에서 기어 나와 세상의 모든 걸 집어삼킨다.

가벼운 빛과 무거운 어둠.

대자연의 극단적인 순환의 과정을 묵묵히 지켜보던 십칠 세의 어린 마법사가 힘을 발휘했다.

강력한 수면 안개가 어둠 속으로 침투했다.

룩센과 쌍마와 괴력의 주민들이 살고 있는 마을은 그렇게 안개에 뒤덮였다.

새벽과 밤이면 항상 안개가 발생하는 지형이라 이 안개를 의심하는 자들은 없었다.

'휴우, 별다른 움직임은 없군.'

어차피 침대에 누워 하루 일과를 마감하는 일이 고작인 이들에게 늘 봐오던 안개는 대수롭지 않은 일상이다.

불면증에 시달리는 자들은 오늘따라 유난히 잠을 잘 잘 것이다.

보채는 아이도 없고 뒤척이는 남녀도 없이 모두가 깊이 잠이 든다.

딕스는 물의 척후를 보내어 존재감의 이동 여부를 거푸 확인했다.

두 시간을 그 자리에서 꼼짝도 하지 않고 대기하고 있던 딕스는 드디어 두 번째 단계로 들어갔다.

냉정을 잃지 않기 위해서 그는 끊임없이 자신을 채찍질하고 있었다.

마을을 덮고 있는 수면 안개. 즉 1차 안개를 덮을 2차 안개를 그는 생성시켰다.

이 안개를 생성하는 데 그는 전력을 다했다.

그의 몸은 곧 땀으로 흠뻑 젖었고 늘 꽉 차 있던 마나의 저수지는 어느새 밑바닥을 드러냈다.

산성 안개는 구름처럼 위로, 위로 올라갔다.

두꺼운 먹구름처럼 안개는 마을 상공을 장악했다.

'꿀꺽!'

저 안개가 일시에 내려오면 사람이든 건물이든 남아나지

않을 것이다.

쥐새끼 한 마리, 벌레 한 마리 살아 있을 수 없는 죽음의 땅으로 변할 것이다.

120만 골드짜리 안개가 드디어 깊이 잠든 마을로 내려앉는다.

곧 쓰러질 듯 파리한 안색으로 딕스는 이를 지켜보았다.

물위 척후는 마을 안쪽과 바깥쪽에 촘촘하게 깔아놓았다.

살아서 나가는 자가 있는지 알기 위함이다.

산성 안개에 닿은 돌탑과 지붕이 소리 없이 순식간에 녹아버린다.

그렇게 모조리 녹여 버리며 산성 안개가 지면에 쫙 깔렸다.

물의 척후가 활발하게 산성 안개 내부의 생존자를 확인한다.

존재감은 살아 있는 자에게서나 나오는 것이다.

죽은 자는… 그냥 고깃덩이에 불과하다.

물의 척후는 고깃덩이는 안중에 두지 않는다.

수색이 끝나고 물의 척후가 딕스에게 최종 보고를 올린다.

생존자 없음!

두근두근.

이 보고를 듣게 된 딕스는 가슴이 설레었다.

목에 가시요, 눈에 박힌 대들보가 룩셴이었다.

지난 이 년여간 오직 놈에게서 살아남기 위해 피땀을 흘리며 노력했다.

감회에 젖지 않으면 어찌 그게 인간일까!

하지만 아직 안심하기에는 이르다.

놈의 특이한 능력 때문이다.

딕스는 몸을 더욱더 깊이 숨겼다.

나무가 된 듯, 바위가 된 듯 그렇게 그 자리에서 꼼짝도 하지 않았다.

사실 움직일 힘도 없었다.

하늘의 빛이 내려오고 어둠이 땅속으로 스며들었다.

세상은 여전히 제 색을 입고 잘 돌아간다.

하지만 이곳 강력한 산성 안개에 뒤덮였던 마을은 녹아서 눌어붙은 흔적만 보일 뿐 그 어떤 생명체의 흔적도 발견되지 않았다.

지나가던 새가 낮게 날아 이곳을 지나려다 갑자기 아래로 툭 떨어졌다.

지면에 닿은 새의 하단 부분이 순식간에 녹아들기 시작했다.

산성 액은 아직도 지면에 남아 왕성하게 활동 중이었다.

120만 골드의 값어치를 여실히 보여준다.

'놈이 정말 죽은 것일까?

기력을 어느 정도 회복한 딕스는 숨어 있던 장소에서 그제야 움직였다.

이곳을 중심으로 사방 10킬로미터 내에는 생명체의 존재감이 없다.

그렇다면 이제는 안심하고 살아도 좋은 걸까? 화려하고 강렬한 액션이 없기에 승리에 대한 성취감도 떨어진다.

불안한 요소가 소멸되는 장면은 역시 눈으로 확인하는 게 최곤데. 그래야 뒤통수를 신경 쓰지 않을 텐데.

룩센의 죽음을 확인하지 못한 게 아쉽고 한편으론 찜찜했지만 좋은(?) 쪽으로 그는 생각하기로 했다.

"위치상으론 저 쪽이… 그놈이 쉬던 곳이었지."

룩센이 거처하던 집터. 좀 전 날아가던 새가 떨어져서 녹아버린 곳이다.

딕스는 몸을 돌렸다.

그러나 앞으로 단 한 발자국도 뗄 수 없었다.

그의 눈앞에!

120만 골드와 자신의 목숨이 연기가 되는 기분을 딕스는 느꼈다.

주춤.

'루, 룩센! 저 시키 안 죽었던 거야?

좆 됐다!

쿠웅.

"네 작품이냐? 와인 사러 도시에 갔다 왔는데. 흠, 이놈이

날 살렸군."

룩셴이 붉은 와인병을 딕스의 눈앞에서 빙글빙글 흔들었다.

저 병 속의 흔들리는 와인처럼 딕스의 머릿속은 혼돈에 빠져 있었다.

이리되면 죽기 살기로 놈과 싸워야 한다.

완성되지 않은 비기!

문제는 자신의 마나 상태다.

과연 이것만으로 놈과의 싸움에서 이길 수 있을까?

선택 사항이 아닌 필수다.

딕스의 표정은 그 어느 때보다 진지하고 무겁게 변한다.

하나 말투는 가볍다.

"역시… 술은 내 인생에 전혀 도움이 안 되는군."

싱그로아의 국왕 안소니. 그는 딕스를 의제로 삼으며 그에게 하룻밤 사랑을 선물(?)했다.

그녀의 이름은 헬레나. 국보급 미모의 소유자.

슬프게도 딕스는 술에 취해서 그 밤을 홀랑 까먹고 말았다.

아무튼 이번에도 술이 원수다.

저 와인만 아니었다면 룩셴을 녹여 버렸을 텐데.

"아직 어려서 모르는군. 이 술의 진정한 가치를 말이야."

감정에 있어 회색인 인간이 룩셴이다.

한데 그런 그가 술에 있어서 만큼은 컬러를 보인다.

뽀옹~

마개를 딴 룩센이 병나발을 분다.

한눈에 보기에도 와인은 최고급품이다.

아껴서 조금씩 먹어도 줄어드는 양에 애가 탈 텐데 그 비싼 걸 마치 물처럼 들이마신다.

"룩센."

"뭐?"

"그거 내 돈으로 산 거지?"

이 상황과는 전혀 맞지 않지만 그렇지 않아도 미운 놈이 자신의 돈으로 비싼 술을 처마시며 와인 타령을 하니 꼭지가 돌아버릴 것 같았다.

그리고 결정적으로 중요한 것은…

어차피 죽을 거면 다 지껄이고 죽겠다!

이제 이러한 마인드로 딕스의 마음이 돌아서 있었다.

"공국은 공무원 월급이 센가 봐. 우리는 대륙 제일 국가이면서도 더럽게 박봉이거든. 그래서 한 병에 1천 골드나 하는 이런 와인은 그림의 빵이었지. 어쨌든 너 때문에 내가 요즘 돈 쓰는 맛에 인생이 즐거워졌다. 크크크."

정말 룩센의 인생에 장밋빛 컬러가 드리워진 것 같다.

원래 저 컬러는 자신의 컬러였다.

그런 컬러를 미운 놈이 가로채 가선 제 것처럼 마구 써댔다니.

딕스의 속은 산성 액을 들이부은 것처럼 녹아들고 있었다.

"그리 분하면 공국 공무원으로 들어오든가."

딕스는 의미 없이 그냥 툭 던졌다.

정말 아무 생각 없었다.

그의 머릿속은 온통 룩셴과의 싸움에서 이길 수 있는 방법, 그동안 자신이 갈고 닦은 실력을 충분히 발휘할 수 있도록 마나를 회복하는 데 심력을 쏟았다.

한데 이런 딕스의 투지에 룩셴이 찬물을 끼얹었다.

"승낙하지."

휘청.

다리에 힘이 풀린다는 말을 딕스는 들어보았다.

하나 그건 남의 이야기지 자신의 이야기는 될 수 없었다.

매일 새벽마다 그리 뛰어다니는 자신의 다리 근력이라면 백 세가 되더라도 젊은이 못지않을 것이기에.

딕스의 휘청거림은 육체적인 결함이 아니라 정신적인 충격에 의해서다.

"너, 지금 무슨 말을 지껄이고 있는지 알고 말하는 건가?"

분명히 놈은 자신을 농락하는 것이리라.

그럼에도 불구하고 나약해지는 건 놈을 이길 자신이 없어서다.

'제길, 놈의 농담에 기대다니. 정신 차려라. 정신 차려, 딕스야.'

구차하지 말자. 남자답게 당당하게 싸우자.

그렇게 싸우다 죽는 것이 자신의 운명이라면.

딕스는 두 주먹을 불끈 쥐며 전의를 다진다.

"대신 조건이 있다."

휘청.

딕스는 다시 한 번 다리에 힘이 풀렸다.

놈은 농담으로, 자신을 농락하기 위해서 말한 것이 아니다.

이를 깨달은 딕스의 놀라움은 이루 말할 수 없었다.

진작 '월급 더 줄게. 내 편 하자!' 이랬으면 그 개고생을 하
지 않아도 되지 않았는가.

"뭐지?"

"그건……."

룩셴은 딕스에게 두개의 조건을 내걸었다.

거기에 부합해야 한다고 단단히 못을 박았다.

당연히 딕스는 놈의 제안을 허락했다.

딕스와 룩셴, 룩셴과 딕스의 관계는 하루아침에 달라졌다.

룩셴을 영입하기 위한 제1 충족 요건은 딕스 자신이 세계
의 진실을 담을 수 있는 자여야 한다.

황당하고 어이없는 룩셴의 요구 조건에 딕스는 그가 자신
을 놀리는 것이라 생각했다.

'세계의 진실을… 가질 수 있는 자? 그게 뭔데!'

우롱의 쓴맛, 희롱의 떫은맛, 농락의 진한 맛을 딕스는 그 짧은 순간 모조리 맛보았다.

하지만 이에 반발해 제 감정을 분출할 수는 없었다.

왜냐면 룩센은 갑이었고 딕스는 연약한 을이기 때문이었다.

그리고 보면 딕스는 늘 을의 인생을 살고 있었다.

그 예지몽 이후부터 쭉 그래 왔다.

가족이 그에겐 갑이었고 공주가 그에게 갑이었다.

또 여기 생뚱맞은 놈이 갑을 자처하며 나섰다.

가족은 가족이라서 참아줄 수 있고 공주는 규정할 수 없는 애매한 존재로 가슴에 박힌 존재였다. 다시 말해 도와주고 싶고 하나라도 더 챙겨주고 싶은 그런 사람쯤 된다.

그러나 룩센 저자는.

하아~

딕스는 긴 한숨을 내쉬며 옆을 돌아보았다.

1천 골드짜리 와인이다.

저걸 나발을 불며 쫄래쫄래 따라오는 룩센이다.

제 돈 아니라고 진짜 물처럼 막 쓴다.

적포도주의 저 붉은색.

이것이 두 번째 놈의 조건이다.

'개흡혈충 같은 시끼! 크흡!'

룩센은 딕스로 하여금 자신의 물주가 되도록 요구했다.

인생을 행복하게 살기 위해서는 여러 가지 조건이 갖추어져야 한다.

그중 재물도 큰 몫을 차지한다.

삶은 현실이다.

대단한 부자라도 사치에 빠져들면 패가망신하고 만다.

딕스에게 룩센은 사치의 화신이었다.

그 화신을 그림자처럼 달고 살게 되었으니 조만간.

'쪽박 차게 생겼네. 쓰읍.'

"그 후드는 좀 까지?"

룩센의 후드는 얼굴에 박음질을 한 것인지 흘러내리지 않는다.

병나발을 불고 있는 상황임에도 말이다.

성질이 오른 딕스의 요구를 룩센은 벽처럼 튕겨냈다.

룩센은 자신이 말하고 싶을 때 말한다.

녀석은 놀랍게도—딕스는 세상의 정의와 규칙을 나름 존중한다— 지 멋대로 사는 놈이다.

그래서 놈은 뭘 해도 이상할 게 없어 보인다.

그 모습이 가끔 부럽기도 했다.

의무가 없는 놈의 자유가.

그래도 사치스러운 녀석의 취미만큼은 증오한다.

빠득.

"사람들의 저 시선이 느껴지지 않아? 지금은 한여름이야."

룩센이 입고 있는 옷은 칙칙한 색의 두꺼운 후드 로브다.

쌀쌀한 날씨를 감안한 여행자용 옷으로 널리 팔린 의류였다.

지금도 가난한 여행객들에겐 부동의 인기 상품이다.

"인생은 주관이 뚜렷해야 해."

주관 뚜렷한 놈이 협박에 살인 교사에다 코 묻은 애 돈 뺏어 술 사 처먹냐! 그 말이 딕스의 입안에서 무섭게 맴돌았다.

금전 지출 부분을 잊기 위해서 딕스는 다른 진지한 주제를 찾으려고 나름 노력했다.

녀석이 말한 세계의 진실을 담는 그릇이 어찌하면 될 수 있는지 딕스는 그에게 재차 진지하게 물었다.

그러자 놈은 염장을 지르기로 작정했는지.

"어린놈이 영감처럼 질기군. 궁금해?"

"궁금해서 미치겠으니까 말해줄래?"

"나도… 몰라."

이랬다.

저 씨발 새끼가.

부글부글.

한참 동안 딕스는 자신의 감정을 제어하기 위해서 죽을힘을 다해서 노력해야만 했다.

그래도 지도 인간인지 딕스가 뒤로 꼴깍 넘어가려고 할 때 그나마 진지하게 말해주었다.

세계의 진실을 담을 수 있는 그릇이 애송이, 너라고.

애송이란 말에 뒷목을 잡긴 했지만 어쨌든 크게 될 놈으로 자신을 봤다는 데 조금은 으쓱한 기분이 들었다.

세계의 진실을 담는 그릇.

과연 그것은…

*   *   *

뮬 공국의 왕궁.

엘리자베스 공주는 긴급으로 날아온 서신을 펼쳐 들고 있었다.

그녀가 펼친 서신은 헥센 왕국에 파견된 공국의 정보원이 보낸 것이다.

이를 읽어 내려가는 공주의 표정이 수시로 변했다.

장문의 암호화된 내용을 다 읽은 엘리자베스 공주는 뜻 모를 미소와 함께 긴 한숨을 토한다.

쓸쓸한 표정으로 그녀는 창가로 걸어갔다.

그러더니 창턱에 손을 올리고는 창문 밖으로 상체를 길게 쭉 내밀었다.

습하고 더운 바람이 그녀를 맞이하며 휘감았다.

'고마워… 고마워, 딕스.'

딕스가 라스에게 건넨 유언장은 그의 요청으로 모조리 폐기 처분됐다.

하지만 그가 공주에게 전해달라고 했던 말을 라스는 묵혀
두지 않고 그대로 전했다.

그 말을 서신으로 전해들은 이후 딕스를 향한 공주의 애정
이 폭발했다.

공주님이 나의 첫사랑이라고 전해줘요, 라스 경. 절대 잊지 못
할 것이라고…

*   *   *

공주가 딕스에 대해 생각하고 있을 그 무렵.

딕스와 룩센 커플(?)은 싱그로아로 밀입국을 감행하고 있
었다.

"왜 인적 없는 곳으로만 가지?"

무미건조가 심화된 어투로 룩센이 딕스에게 질문했다.

녀석과의 짧은 동행으로 딕스는 그에 대한 두려움이 많이
반감됐다.

그렇다고 완전히 놈에 대해서 마음을 놓은 것도 아니다.

딕스에게 룩센은… 여전히 위험한 상 또라이다.

"몰라서 물어?"

"몰라."

"나, 지명 수배범이잖아, 누구 때문에."

"무능한 정부군."

"뭐?"

"제국 같았으면 지명수배 따위 바로 풀어줬을 거야. 월급 이 짜긴 하지만 그런 부분에선 제국이 빨라."

"그리 좋으면 제국에서 살지."

"좋다고는 안 했어. 그보다… 역시 넌 특이해. 혼의 존재가 맞을지도……."

특이해 이후부터 룩센의 말은 나직했다.

무슨 말인지 귀를 번쩍 열어두었지만 알아들을 수 없었다.

분명 저건 자신의 혈압을 올리기 위한 고도의 술책이리라.

딕스는 귀를 막고 길을 재촉했다.

곧 두 사람은 험한 산길을 만나서 걸었다.

야생의 사나운 동물과 온갖 해충과 파충류와 몬스터가 지 배하는 무서운 땅.

인간이 살기엔 척박하고 험한 이곳에서도 딕스와 룩센은 마치 제집 안방에서처럼 편안하고 자유롭게 행동하고 생활했 다.

자연의 텃세? 감히 이 두 사람에게는 통하질 않았다.

오히려 굴러온 이 두 녀석이 박힌 돌을 빼낸다.

두 사람은 지금 몬스터의 습격을 받고 있었다.

"꿰에에에에에에─엑!"

"키에에에엑!"

몬스터 십여 마리가 딕스의 마법에 의해 순식간에 박살 났다.

딕스는 곁눈질로 룩셴의 상황을 살폈다.

룩셴은 벌을 불러들이는 꿀단지처럼 오크들을 주변으로 모은 뒤 단숨에 놈들을 처치해 버렸다.

두 사람을 만만히 보고 달려들었던 수십 마리의 오크가 그렇게 순식간에 유명을 달리한다.

싸움이 벌어졌지만 두 사람에게서는 힘들어 하는 기색을 전혀 찾아볼 수가 없었다.

산책을 나왔다가 길가에 놓인 돌을 길옆으로 차낸 정도랄까?

"싱그로아엔 왜 가?"

진작 물어봐야 할 질문을 이제 생각난 듯 룩셴이 딕스에게 묻는다.

머리 위를 지나가던 꿩 한 마리를 잡아챈 딕스는 물의 마법으로 이를 손질하다가 어이없는 표정으로 룩셴을 보았다.

"말하지 않았나?"

"않았다."

"……."

"됐어."

중간에서 말을 뚝 끊은 룩셴은 딕스가 익혀놓은 꿩을 제 것인 양 말도 없이 가져간다.

우적우적.

그리고 꿩의 주인에겐 한 점도 주지 않고서 이기적이게도 다 먹어치운다.

이것도 모자라서.

"하나 더 잡아."

룩셴의 요구에 딕스는 깊은 좌절을 맛보며 꿩을 잡아들였다.

'수면제가 왜 저 녀석에겐 안 통하지? 에휴.'

딕스가 이 오지를 선택한 이유 중 하나는 룩셴을 독살시키기 위해서다.

이를 위해서 딕스는 취사를 담당하겠다고 강력하게 자청했다.

이것이 그의 패착이었고 외통수였다.

"이번엔 구워."

식돌이 딕스의 심장에 룩셴이 비수를 꽂는다.

'두고 봐라. 내가 지금보다 더 강력한 독을 개발하고야 말겠다!'

딕스는 독을 다루는 학자들을 은밀히 섭외해 모처에 연구소를 만들었다.

안개와 독이 의외로 궁합이 잘 맞아 이를 활용하기 위해서다.

전격의 파울이 그에게 1억 골드라는 천문학적인 용돈을 쥐어주지 않았다면 언감생심이었을 계획이다.

의지를 불태우며… 룩센의 요구를 충족시키기 위해 딕스는 모닥불을 피운다.

"바싹 익혀? 적당히 익혀?"

"적당히."

"알았다. 바싹하게."

이는 식돌이 딕스의 마지막 자존심이었다.

어슴푸레할 때면 한여름의 뜨거움도 조금은 기세가 죽는다.

그래도 한낮이면 만만치 않은 더위가 사람들을 기진맥진시킨다.

계절은 순환하고 사람은 조금씩 성장하고… 어떤 이들은 죽어간다.

지독한 뙤약볕 아래 세상은 바람도, 습기도 찾을 수 없었다.

숨을 턱턱 막아대는 고온의 날씨를 더욱더 덥히는 기운이 있었다.

화르륵.

타닥타닥.

와지끈, 우르르르, 쿠웅!

후각을 마비시키는 강력한 악취가 검은 연기와 함께 퍼진다.

시커먼 뼈대만 남은 건물은 나무 휘어지는 소리를 비명처럼 내지르곤 숨 쉬기도 힘든 열기와 먼지를 사방으로 쏘아댄다.

입과 코를 천으로 틀어막은 자들이 우울한 눈으로, 무기력한 모습으로 이러한 곳을 묵묵히 오가고 있었다.

그들의 손에 들린 것은 들것이었다.

들것마다 죽은 이들이 하나, 혹은 둘씩 있었다.

비단 이곳만의 장면이 아니었다.

마을 곳곳에서 들것을 든 자들이 움직이고 있었다.

퀭한 눈과 초췌한 얼굴과 땀과 먼지로 범벅이 된 이들의 발소리는 저들의 눈물이었다.

마을은 전염병에 감염되어 서서히 죽어가고 있었다.

전염병은 폭군과 가난이란 악재보다 더욱더 심각하게 사람들을 깊은 절망의 구렁텅이에 빠뜨린다.

화르르륵.

타탁탁탁.

무섭게 타오르는 불길과 검은 연기는 사람들의 희로애락을 모조리 태우고 덮어버린다.

장송곡에 발맞춰 걷듯 사람들은 슬픔과 우울함에 끌려 다니고 있었다.

아니, 마을 전체가.

험준한 산등성이를 미끄럼틀을 타고 내려오듯 내려온 딕스와 룩센이 제일 처음 발견한 마을의 모습이었다.

마을 곳곳에서 피어오르는 검은 연기 기둥.

바람 한 점 없다.

그럼에도 마을에서 멀찍이 떨어진 이곳까지 시체를 태우는 냄새가 진동한다.

대체 얼마나 많은 시신을 태웠기에.

"싱그로아에 첫발을 딛자마자 전염병과의 만남이라니… 기분이 영 별로네."

딕스의 말에 룩센이 한마디 했다.

"차가운 놈."

사실 이 말을 다른 이들에게 들었다면 딕스는 자신의 이면에 깃든 성격을 알기에 군소리 없이 인정했을 것이다.

자신을 돌이켜보았을 것이다.

자신의 손에 묻은 피가 한둘이 아니기에.

하나 룩센에게서 들을 말은 아니라고 생각했다.

"구질구질한 놈."

그의 말에 전방을 바라보던 룩센이 스윽 고개를 돌린다.

이에 딕스는 내심 움찔했다.

설마 놈이 구질구질하다는 말을 싫어할 줄이야.

여기서 피바람이 부는 건 아니겠지.

순간 오만 생각이 드는 딕스였다.

다행하게도 불미스러운 일은 발생하지 않았다.

"없는 말은 지어서 하는 게 아니다."

"내 입장에서 넌 그래."

"난 저기 갈 거다."

룩센이 손가락 끝으로 불길과 검은 연기와 악취가 전부인 황폐화된 마을을 가리킨다.

딕스는 말문이 막혔다.

저 불길과 연기를 보고도 저곳에 가고 싶을까? 머리를 장식으로 달고 다녀도 이는 절대 할 수 없는 짓이다.

"너만 가라."

스윽.

다시 룩센이 딕스를 본다.

딕스는 녀석이 고개를 돌려서 자신을 바라볼 때마다 꺼림칙한 기분에 소름이 돋곤 했다.

한두 번도 아니었지만 아직까지 적응되지 않았다.

녀석의 전체 얼굴이라도 보았다면 이런 느낌은 좀 덜하지 싶다.

하지만 어찌 된 게 녀석은 먹고 마시고 잘 때도 저 후드를 결코 벗지 않았다.

저 안의 얼굴은 굉장한 추남이거나, 혹은 엄청난 흉터로 인한 자괴감의 방패막이가 아닐까 하고 딕스는 나름 추측했다.

마주 볼 수 없는 녀석의 시선이 거북해진 딕스는 손부채질을 해대며 그에게서 몸을 돌려 버렸다. 말없이 그를 쳐다보던 룩센은 전염병이 창궐한 마을로 발걸음을 옮겼다.

룩센이 진짜 전염병이 창궐한 마을로 갈 것이라고 여기지 않았던 딕스였기에 녀석의 행동은 당혹감이 될 수밖에 없었다.

"야! 거긴 왜 가냐? 그러다 병 옮으면 어쩌려고!"

무시… 무시… 무시!

한마디의 말도 없이 룩센은 그렇게 마을로 가버렸다.

병은 사람의 힘으로도 어쩔 수 없는 영역이다.

되도록 불가항력적인 문제와는 마주치지 않는 것이 낫다는 것이 딕스의 평소 신조였다.

한데 그런 딕스의 신조에 룩센이 정면으로 도전장을 던졌다.

녀석을 버려두고 가자니 후환이 두렵고, 그렇다고 저 전염병이 창궐한 마을로 가자니 당장에라도 병에 걸릴 것만 같아서 찜찜했다.

저만치 앞서 가던 룩센이 걸음을 멈추며 뒤로 몸을 돌렸다.

룩센은 갈등하던 딕스에게 가야 할 길을 알려주었다.

"너, 돈 많더라."

두 사람의 거리는 상당히 떨어져 있었다.

목소리를 정확하게 듣기 힘든 거리다.

한데 딕스는 그 먼 거리에도 불구하고, 룩센이 작게 말했음에도 그가 말한 요지를 정확하게 알아들었다.

"가! 간다고! 나도 가려고 했어!"

개흡혈충…

돈 냄새는 기똥차게 맡는 코를 가진 데다 한 번 달라붙으면 절대 떨어지지 않는 거머리처럼 지독한 인간.

그래서 딕스는 룩센을 내심 개흡혈충이라 부른다.

한편으론,

'저 시키가 전염병에 걸릴 수도 있잖아!'

암울했던 딕스의 얼굴에서 먹구름이 살짝 걷힌다.

물의 보호막으로 자신을 보호하면 설마 병이 옮아 붙겠는가.

제7장

바릴레아의 물의 성자

'가까이' 라는 말은 '자세하다' 와 깊은 연관을 맺고 있다.

멀리서 봤을 때 마을은 신전 기둥처럼 생긴 거대한 불길과 자욱한 검은 연기가 덮인 전염병이 창궐한 마을에 불과했다.

결코 가까이 가지 말아야지 하는 야무진 마음을 먹게 한다.

한데 막상 이곳에 와서 보면 인간적인 연민을 갖게 된다.

한 무리의 사람이 마을 외곽에 버려진 쓰레기처럼 널려 있었다.

전염병을 피해 마을 밖으로 나온 이들은 입고 있는 옷이 가진 재산의 전부였다.

지금도 이들의 재산은 전염병과 화마에 빠르게 녹아 내리고 있었다.

얼굴과 옷 여기저기 검댕이가 잔뜩 묻은 중년의 남자가 딕스와 룩센의 앞길을 막으며 말했다.

"저 연기가 안 보이시오? 어서 발길을 돌려요."

딕스는 당연히 룩센이 남자의 제지를 무시할 것이라고 생각했다.

덤으로 당연히 상대의 말을 씹을 테고.

단언했던 딕스의 예상은 정확히 맞아떨어졌다.

룩센은 남자를 지나쳤다.

"이, 이보시오. 내 말이 들리지 않소? 거긴 전염……."

딕스가 나섰다.

"도와드리고자 찾아왔습니다. 저희의 도움이 필요하시면 말씀하세요."

실의에 빠진 사람들을 보자 딕스는 마음이 아팠다.

특히 여성과 아이들의 모습을 보자 저도 모르게 어머니와 누나가 떠올랐다.

이런 생각이 떠오르자 저들이 남 같지가 않았다.

능력이 없다면 모를까 있는 데도 불행한 사람을 돕지 않는 건 인간으로서의 도리가 아니다.

악에는 악으로, 선에는 선으로 보답하는 이가 딕스였다.

그 자신은 이를 호구, 오지랖이라고 혀를 차지만 이것이 진정한 딕스의 본성이었다.

"도와주시… 겠소?"

"말씀만 하세요."

"젊은 사람들이 마을을 정리하고 있소. 그러다 보니 여기 있는 사람들은 약한 이들뿐이라오. 정 도와주겠다면 염치 불구하고 말하겠소. 저기 저 방향으로 이 킬로미터쯤 가다 보면 개울이 있소. 거기서 물 좀 떠다 주지 않겠소?"

실의에 빠진 사람들의 숫자는 삼백 명쯤 된다.

저들의 갈증을 해소할 양의 물을 한두 사람이 가져오는 일은 중노동이다.

그러나 그가 누군가. 물의 마법사가 아닌가.

그에게 이 일은 식은 스프 먹기였다.

몇몇 사람들이 물을 길러 가기 위해 수레와 물통을 마을에서 가지고 나왔다.

물건에 병균이 있을지 모른다고 다들 생각했지만 당장의 갈증 앞에 지고 말았다.

마을로 걸어가던 룩센이 걸음을 멈추더니 딕스를 바라보며 한마디 툭 던졌다.

"쉽군."

그의 말에 중년의 남자와 주변에 있던 이들이 눈살을 찌푸렸다.

이 무더운 날씨에 2킬로미터를 그냥 걷는 것도 힘든 일인데 하물며 무거운 수레를 끄는 일이 어찌 쉽단 말인가.

룩센의 말투가 경박했다면 사람들의 원성이 꽤 컸을 것이다.

하나 그의 말투는 경박하지도 않았고 상대가 부담스러워할 만큼의 동정심도 없었다.

"…무슨 말이오?"

"저 녀석이 나서기로 한 이상 당신들에게 당장 시급한 문제는 쉽게 해결될 거요."

중년 남자를 비롯해 근방에 있던 사람들의 시선이 일제히 딕스에게로 향했다.

"개울까지 안 가셔도 됩니다. 여기서 필요한 식수를 공급할 수 있으니까요. 잠시만 실례하겠습니다."

사람들에게서 좀 떨어진 곳에 선 딕스는 땅을 향해 손바닥을 펼쳤다.

딕스의 이러한 행동에 사람들은 황당한 표정을 지었다.

다들 기운이 없었기에 망정이지 그렇지 않았다면 지금의 딕스를 보고 한마디씩 했을 것이다.

드드드드드득!

땅이 진동했다.

거대한 맹수가 동굴 깊은 곳에서 포효하는 듯 묵직한 소리가 난다.

사람들은 이에 크게 놀랐다.

다들 어찌할 바를 몰라 하며 서로를 부둥켜안았다.

전염병도 끔찍한데 뒤이어 지진까지!

모두가 그렇게 생각했다.

룩센 하나만 빼고.

딕스의 전방에 위치한 지면이 끓는 물의 수면처럼 부글거렸다.

쿠아아아아아—앙!

시원한 물줄기가 땅을 가르고 높이 솟구쳤다.

물기둥에서 물방울이 사방으로 흩날린다.

햇살을 잔뜩 머금은 물방울이 보석처럼 빛난다.

생명의 힘으로 가득 찬 빛나는 보석들이 딕스의 주변에서 춤을 추며 반짝거렸다.

모두가 넋을 놓고 그를 보았다.

천천히 딕스가 몸을 돌렸다.

그의 뒤쪽, 물의 기둥이 넓게 퍼지며 여기저기 고운 빛깔의 무지개다리를 놓았다.

무지개를 배경으로 서 있는 딕스의 모습은 인간처럼 보이지 않았다.

사람들이 느꼈던 두려움, 놀람은 곧 경외심으로 바뀌었다.

몸과 정신이 깊은 수렁에 빠져 있던 자들에게 눈앞에서 펼쳐진 기적은 맹신을 돋우었다.

"성자께서 오셨다."

"우리의 어려움을 가련히 여기시고 바릴레아에 성자께서

오신 거야! 아르온이시여, 감사하나이다. 진정, 진정으로 감사하나이다."

"엉엉엉엉엉."

세상은 마법사에 대해서 알고 있다.

하나 골렘도 없이 지금 같은 기적을 만들어내는 마법사는 이제껏 단 한 명도 없었다.

이는 이 세상의 상식이다.

상식의 선에서 봤을 때 딕스가 펼쳐 보인 능력은 성자의 기적으로밖에 해석할 수 없다.

골렘도 없이 지하 깊은 곳에서 물줄기를 지면까지 끌어올리는 자.

사람들의 머릿속에는 단 하나의 단어밖에 떠오르지 않았다.

성자 현신!

사람들의 열렬한 반응에 딕스는 적이 당황하고 말았다.

성자라니… 대체 자신의 어디에 성자의 그 아우라가 있단 말인가.

"저 그런 사람 아닙니다! 오해들 마세요. 전……."

딕스가 말을 다 끝내기도 전에 룩센이 끼어들었다.

"물줄기가 마을로 가지 않게 해라."

룩센의 말에 딕스는 그제야 전염병을 소독(?)하는 불길이 지하수의 침범을 받아 약해지는 것을 보게 되었다.

강력하게 뿜어져 나오던 물줄기는 딕스가 손을 쓰자 어른 키 높이만큼에서 더 이상 커지지도 줄어들지도 않았다.

물을 다루는 기술에 있어서 가히 신의 경지에 다다른 섬세함이다.

콸콸콸.

사람들은 성자의 선물을 향해 몰려들었다.

저 물이 자신들에게 달라붙었을지도 모를 전염병을 쫓아 낼 것이라고들 다들 믿었다.

때론… 믿음이 기적을 만든다.

놀랍게도 전염병은 이 마을에서 주변으로 더 이상 번지지 않았고 희생자 역시 더 이상 발생하지 않았다.

"성자님 만세! 만세! 만세!"

전염병이 창궐해 많은 이들이 죽은 현장에서 딕스는 헌신 적인 자세로 봉사 활동(?)을 했다.

노동을 통해 사람들에게 물을 주진 않았지만 어쨌든 그들 에게 절실한 것을 적시에 제공했고 제 돈을 들여가며 생필품 과 식량을 구입해서 무료로 내놓기도 했다.

그의 선행은 성자라는 소리를 들어도 모자라지 않았다.

딕스는 사람들이 자신을 칭송하는 소리보다 그들의 얼굴 에서 웃음꽃이 피는 게 더 기분 좋았다.

누군가를 아프게 하고, 이기려고 하고, 또 죽이는 것보다는 이편이 백 배, 아니, 천만 배 더 기뻤다.

그렇다고 여기에 도취되어서 모든 걸 다 바칠 생각은 없었다.

"식량과 생필품 사올 테니 여기 있어라."

자유롭게 외부로 나갈 수 있는 유일한 기회는 딕스가 바로 지금처럼 돈을 쓸 때다.

사실 딕스가 지닌 재력에 비하면 지금의 그의 씀씀이는 새 발의 피도 안 된다.

강물에서 물 한 바가지 퍼다 주는 양이랄까.

딕스를 향해 룩센이 소리친다.

"와인 떨어졌다."

"그 와인만 고집하는 이유가 뭐야?"

그의 질문에 일고의 가치도 없다는 듯 룩센은 침묵했다.

"……."

"끙, 알았다."

룩센은 딕스를 따라갈 생각이 없었다.

한두 번이 아니기에 딕스 역시 이를 당연하게 받아들였다.

전에 딕스는 룩센에게 이대로 자신이 달아나 버리면 어쩔래 하고 정중하게 질문한 적이 있었다. 그때 룩센은 딕스에게 딱 한마디만 했다.

인간과 나무는 가지가 많다. 가지를 치다 보면 줄기도 만나게 되지.

녀석의 의미심장한 협박에 굴복한 딕스는 지금처럼 룩센의 위성으로 남기로 했다.

본 성을 도는 서글픈 위성의 삶이란 늘 버겁다.

딕스는 짐마차에 몸을 실었다.

스트레스를 잔뜩 받은 표정으로.

덜컹덜컹.

벽과 지붕이 없는 짐마차다 보니 햇살을 그대로 맞아야 한다.

따라서 이동 자체도 굉장한 고역이다.

여기에다 먼지까지 추가된다.

룩센이 한 번 따라오고 그 뒤로 두 번 다시 따라오지 않는 이유가 아마 여기에 있지 않을까 싶다.

'하아, 내가 지금 이 무슨 짓일까?'

깊디깊은 한숨이 딕스가 지금 느끼고 있는 서글픔의 크기와 답답함의 깊이를 여실히 말해준다.

마차를 몰던 이와 짐꾼으로 따라나선 주민들이 그의 모습을 보며 오해했다.

병들고 가난한 사람들을 긍휼하게 여기는 착한 마음씨라고.

전염병이 창궐한 마을은 바릴레아로, 이곳에서 물품과 식량을 구입할 수 있는 곳까진 마차로 반나절이 걸린다.

식량과 물품을 구입한 딕스는 다시 왔던 길을 되밟아 돌아갔다.

눈부신 햇살은 황혼이 되었고, 뜨거운 먼지는… 식은 먼지가 되어 목구멍에 달라붙었다.

하루 종일 형편없는 승차감의 짐마차를 타고 왔다 갔다 하니 머리가 지끈거렸다.

"전 여기서 걸어갈 테니까 먼저들 가세요."

사람들에게 양해를 구한 딕스는 가지가 길게 뻗은 나무를 마치 왕관이라도 되는 양 쓰고 있는 언덕으로 올라갔다.

세상이 온통 붉은색으로 곱게 물들었다.

하루를 마감하는 자연의 소박함은 그에게 편안함을 주었다.

'병은 외부에서 침입하는 걸까? 아니면, 내부에서 발생하는 것일까?'

사람들의 얼굴이 눈에 익숙해졌다.

그들의 사연을 듣게 되었고 그들이 성심껏 장만한 음식도 먹었다.

모든 것이 부족한 상황에서도 주민들은 우선해서 딕스를 배려했고 챙기려 했다.

모두가 그를 귀히 여기며 말씨, 표정, 행동을 극히 조심했다.

이는 두려움의 바탕에서 나온 행위가 아니었다.

다들 뭐라도 하나 더 그에게 해주고 싶은 간절한 바람의 바탕에서 꽃핀 마음이었다.

그랬기에 그들의 마음이 딕스의 호주머니를 열었다.

그게 없었다면 그는 절대 그들을 위해 돈을 풀지 않았을 것이다.

당연하지 않은가.

전염병은 국가와 영지가 나서야 할 사회적 재앙이다.

자신이 싱그로아인도 아니고 왜 외국인들에게 돈을 써야 한단 말인가.

하지만 바릴레아 주민들은 더 이상 그에게 외국인도, 타인도 아니었다.

쏴아아아아. 사락사락.

황혼을 머금은 바람이 분다.

키 큰 풀 하나가 딕스를 때린다.

오랜만에 평화로운 상념 속에 빠져들었던 딕스는 놈—풀—의 멱살을 잡아 뜯어버렸다.

힘없이 뜯겨 나갈 것 같던 풀이 마지막으로 발악했다.

서걱.

딕스의 손바닥이 풀잎에 베였다.

깊게 베이지는 않아 출혈은 많지 않았지만 살이 갈린 그 느낌은 결코 좋지 않다.

더욱이 자신이 당분간 생활할 장소는 전염병이 발생한 지역이다.

지금은 잠잠하다지만 몸에 생채기가 있으면 아무래도 더 위험할 수 있었다.

"이 망할 풀 놈이!"

원인은 딕스가 제공했다.

그 결과에 대해서 그는 모든 화를 풀에게 돌린다.

딕스는 풀의 잔뿌리까지 모조리 색출해 휙 던져 버렸다.

'하긴 네가 뭔 죄겠냐? 내가 나쁜 놈이지.'

손바닥을 펼쳐 상처를 바라보며 딕스는 오만상을 찌푸렸다.

피가 송골송골 맺히고 있었다.

상처는 그리 크지 않았다.

가만히 내버려 두면 이삼 일이면 아물 경미한 상처다.

하나 이 작은 상처를 그는 방치할 수 없었다.

고가의 포션으로 이를 치료하려던 딕스의 뇌리로 번개가 쳤다.

모든 생명체는 그 내부에 고유의 항마력을 갖고 있다.

좀 전 딕스는 병에 대해서 생각했다.

병이 내부에서 발생하는 것이면 당연히 항마력의 영향을 받지 않을 것이다.

하지만 외부에서 침입하는 것이라면?

이러한 의문이 그의 뇌를 뜨겁게 자극했다.

외부에서 적을 공격해 깨뜨리는 일은 어렵다.

공성전을 예로 들 수 있다.

내부에서 공격군에 호응하면 그 성은 금세 함락된다.

이와 같은 이치로 아무리 강력한 능력자라도 내부를 박살 내버린다면 어찌 되겠는가.

항마력의 상식.

딕스의 이러한 생각은 상식을 벗어난 놀라운 생각이었다.

저도 모르게 주먹을 불끈 움켜쥔 딕스는 상처가 쓰라려 깜짝 놀랐다.

송골송골 맺혔던 피가 주먹 안을 채우고 아래로 주르륵 흘렀다.

황혼을 머금은 피가 참으로 요사하고 아름다웠다.

'…피?!'

두근두근.

딕스의 심장이 순간 격렬하게 뛰기 시작했다.

그 자신은 물을 다룬다.

물에 대한 그의 지배력은 상상을 초월한다.

이는 딕스 본인도 인정하고 있었다.

그 자신이 다른 물의 마법사와 차별화된 존재라는 것을, 그리고 지배의 대상이 비단 물뿐이 아니라 액체에도 적용되기에 무척이나 특별하다는 점도.

안개와 독의 합성의 결과도 액체에 대한 지배력이 작용했기에 가능한 일이다.

그렇다면 피도 되지 않을까?

모든 생명체는 내부에 액체가 있다.

만일 이를 자신이 지배한다면!

"룩센, 그 빌어먹을 놈도 요절내 버릴 수 있을 거야!"

상상만 했을 뿐인데도 희열이 폭발한다.

사악한 웃음이, 간사한 킥킥거림이 쉴 새 없이 그에게서 나온다.

이 순간의 그는 살벌한 미친놈 같다.

근래 딕스는 웃을 일이 없었다.

그는 늘 인상을 썼고, 늘 한숨을 내쉬었으며, 늘 룩센의 눈치를 보며 전전긍긍했다.

그렇다 보니 그의 내부엔 엄청난 양의 불만이 쌓여 있었다.

그 쌓인 불만이 분출구를 찾아 이 순간 끊임없이 쏟아졌다.

딕스의 상상력은 더욱더 진화했고 이를 현실로 반드시 만들고야 말겠다는 결심으로 뿌리내렸다.

팔랑팔랑.

나비 하나가 집으로 돌아가는 것인지 딕스의 눈앞에서 살랑거렸다.

순간 딕스의 눈엔 나비가 룩센으로 보였다.

그는 룩센을 죽이는 생각을 했다.

그 순간 바닥에 떨어진 딕스의 피가 감쪽같이 사라졌다.

피의 증발!

이 놀라운 현상을 딕스는 볼 수 없었다.

"뭐 하냐?"

룩센이 신기루처럼 앞에 나타났기 때문이다.

"뭐, 뭐냐? 여긴 왜?"

"사람들이 네가 여기 있다고 하더군."

참고로 바릴레아의 주민들은 룩센을 딕스의 추종자로 여기고 있었다.

룩센은 이에 대해 가타부타 아무런 말도 하지 않았고 딕스는 내심 그 상황이 만족스러웠기에 정정하지 않았다.

"여기 있다, 와인."

1천 골드나 하는 고가의 와인을 어찌 덜컹거리는 짐마차에 실을 수 있겠는가.

비싼 놈은 그 값에 맞게 대우해야 한다.

딕스는 품에서 와인을 꺼내어 룩센에게 내밀었다.

와인을 받아 든 룩센이 앞장서 걸으며 말한다.

"오늘은 삶은 닭이 먹고 싶다. 달걀도 함께 삶아. 달걀은……."

"알아. 반숙."

"똑똑하군."

룩센의 칭찬이 딕스를 열 받게 했다.

그렇게 두 사람은 황혼이 감싼 평화로운 언덕을 내려왔다.

멀리서 보면 그림처럼 멋지다.

퍼퍼퍼퍼퍼—퍽!

이질적인 작은 소리가 장소와 방향을 가리지 않고 일제히 났다.

귀를 기울여도 듣기 힘든 미약한 소리였지만 이 소리의 내용은 응축된 힘이 내부에서 터질 때 나는 소리와 유사했다.

이 소리를 제공한 존재는 별 볼 일 없는 곤충.

딕스와 룩센이 떠난 언덕. 그 언덕을 중심으로 사방 10킬로미터 내의 모든 나비의 몸이 일제히 폭발했다.

나비를 룩센이라고 생각한 딕스의 사념이 이와 같은 결과를 만들었다.

그 사념이 힘을 발휘할 수 있게 한 매개물… 그건 딕스 본인의 피였다.

어마어마한 살상 범위와 놀라운 파괴력이 아닐 수 없다.

단언하건대 그 누가 이 기술을 피할 수 있을까? 어지간한 소도시의 생명체는 순식간에 사라질 수 있음이다.

인간이 나비라는 가정하에.

"나는 반숙 별론데."

"넌 완숙 먹어."

딕스의 불평에 룩센은 담담하게 말한다.

이에 딕스는 열이 받았다.

"너는 물 온도 조절이 쉬운 줄 알아? 고도의 정신력을 요구하는 매우 힘든 작업이야."

앞서 걷던 룩센이 소리 없이 몸을 돌린다.

룩센의 얼굴은 여전히 후드가 가리고 있었다.

재수 없는 후드.

보이지 않는 것은 두려움을 주고, 흐린 것은 불안감을 조장한다.

딕스에게 룩센의 저 후드가 바로 그런 역할을 했다.

"그래서?"

룩센의 평이한 반문에 당당하게 그와 맞서리라 마음속으로 다짐했던 딕스였다.

하지만 녀석에게서 흘러나오는 공허하고 칙칙하며 묵직한 그 포스에 그만 굴복당하고 말았다.

패배를 자인하는 자들의 공통적인 행위… 딕스는 고개를 옆으로 돌렸다.

"…내 수고를 알아달란 거지. 끄응."

"원한다면."

이날 이후 딕스는 룩센에게 요리를 갖다 바치면 그에게서 '수고했다'는 말을 듣게 되었다.

룩센의 수용적인 자세가 참으로 감탄스럽다.

관료의 뒷북은 어제오늘의 일이 아니다.

명성이 사람을 해치는 것도 어제오늘의 일이 아니다.

바릴레아의 주민들을 물심양면으로 도와준 딕스의 명성이 기득권자들의 심기를 거슬렀다.

늦장 대응과 지원을 스스로 부끄러워해야 할 자들의 치졸한 질투.

비뚤어진 그들의 하수인들이 안정을 되찾고 있는 바릴레아에 들이닥쳤다.

"나리, 그게 무슨 말씀이십니까? 성자님을 왜 잡아가신단 말입니까? 안 됩니다. 우린 절대 그분을 내어드릴 수 없습니다!"

성자라는 칭호는 함부로 쓸 수 없다.

이 호칭은 유일신 아르온의 집을 지키는 자들의 허락과 동의를 받아야 한다.

호칭이 뭐 그리 대수냐 하고 생각하면 이는 크나큰 오산이다.

이것은 잘만 이용하면 큰 세력을 만들 수도 있고 부를 축적할 수도 있으며 자신의 정적을 소리 없이 무너지게 할 수 있는 강력한 무형의 칼이 되기도 한다.

특히 신관들에게 성자의 등장은 신경을 자극하기에 충분하다.

그 신관들이 바릴레아가 속한 영지의 영주를 꼬드겼고 그 영주가 성자를 잡아오라 병사들을 급파했다.

장내의 분위기는 점점 더 팽팽한 대치 양상을 띠었다.

"썩 물러서라! 그 더러운 손으로 어딜 감히 잡으려 드는 것이냐! 어서 그놈을 대령하지 못하겠느냐!"

전염병이 물러갔다고는 하지만 아직 모르는 일이다.

이렇다 보니 병사들이나 장교나 선뜻 안쪽으로 들어오려 하지 않았다.

이를 알 리 없는 주민들은 병사들이 곧장 안으로 들이닥칠까 봐 다들 긴장을 놓지 못했다.

주민들이 절박한 심정으로 소리쳤다.

아니, 애원했다.

"나리, 그분은 죄가 없습니다. 오히려 가난하고 병든 저희를 도와줬을 뿐입니다. 오해를 푸시고 돌아가 주십시오."

"돌아가 주세요!"

"제발 가세요!"

관이 외면하고 신전이 외면했다.

이는 명백한 그들의 직무 유기다. 그럼에도 모든 것이 안정을 되찾아가는 지금에서야 찾아와선 은인을 제 손으로 잡아 바치라며 이리 생난리다.

이러니 누가 그들의 말을 고분고분 따르겠는가.

주민들이 움직일 생각을 하지 않자 장교가 눈썹을 곧추세우며 인상을 험악하게 만들었고 병사들은 지닌 무기를 위협용으로 앞으로 내밀었다.

뒤쪽에 있던 어린아이들이 분위기에 짓눌려 그만 울음을 터뜨리고 말았다.

장내는 협박과 아이들의 울음으로 엉망이 되었다.

"성자님, 이곳을 빠져나가십시오. 병사들이 성자님을 잡으러 왔습니다요. 어서요. 어서 가세요. 사람들이 놈들이 못 들어오게 막고 있을 때 가셔야 해요."

주민 하나가 헐레벌떡 뛰어와 숨 한 번 돌리지 않고 급하게 딕스에게 말했다.

내일부터 마을 재건에 들어갈 자재를 점검하고 있던 딕스는 주민의 재촉에 눈살을 찌푸렸다.

법 없이도 잘 살아갈 자신을 어찌 법을 집행하는 자들이 잡으러 왔단 말인가.

참고로 법은 약자를 위해 존재한다.

딕스처럼 강력한 녀석들에게 법이란 귀찮은 올가미일 뿐이다.

어쨌든 딕스는 병사들이 자신을 잡으러 왔다는 말에 기분이 상했다.

여기에는 어제 깜빡 다른 생각을 하느라 룩센이 요구했던 음식을 망치면서 받게 된 스트레스도 단단히 한몫했다.

딕스는 어제 처음으로 알았다, 룩센에게도 감정이 실린 협박의 말투가 존재한다는 것을.

멍청이.

'룩셴, 이 자식은 대체 어디 있지?'

이 마을을 고집한 건 룩셴이지 딕스가 아니다.

두 사람의 관계에서 현재 딕스가 을이다. 그렇다 보니 오가는 것도 마음대로 할 수 없었다.

이를 알 리 없는 주민은 딕스가 동료가 걱정되어 위험을 감수하는 것이라 철석같이 믿었다.

"성자님은 너무 착하세요. 이 상황에도 동료까지 챙기시고. 어찌 이런 분을 죄인이랍시고 잡아가려고 하는지. 에잇, 못된 놈들."

"일단 현장으로 가보죠."

"아니, 그 무슨 위험한 말씀이십니까. 안 됩니다. 병사들이 굉장히 난폭합니다. 정 동료분이 걱정이시라면 산속에라도 가계십시오. 제가 오시면 산속으로 속히 가라 전하겠습니다."

진심 어린 주민의 걱정에 딕스는 내심 쓴웃음을 지었다.

사람이란 참으로 이상해서 주변에서 착하다고 말해주면 어느새 선한 행위와 생각을 저도 모르게 하게 된다.

반대의 경우 역시 이와 같다.

'차라리 욕먹는 게 나은데. 이건… 휴우.'

"괜찮습니다. 그들을 만나보겠습니다."

주민들의 만류에도 불구하고 딕스는 대치 중인 장소로 향했다.

그 시간, 룩센이 마을로 돌아오고 있었다.

한 무리의 병사와 실랑이하는 주민들을 물끄러미 바라보던 룩센은 자신과 상관없는 일이라는 듯 그들 사이를 스쳐 마을로 들어오려 했다.

그때 병사 하나가 룩센의 로브 자락을 붙잡고 다그치듯 물었다.

"넌 뭐냐?"

"룩센."

"뭐?"

메마른 느낌이 물씬한 룩센의 대꾸에 병사는 일순 할 말을 잃었다.

장내는 병사들과 주민들의 격앙된 분위기로 폭력 사태로까지 비화될 조짐이 보였다.

어느 쪽이 뒤로 물러나서 사태를 부드럽게 수습하려는 의지를 보여주거나, 혹은 중재자가 말로 풀지 않으면 원만한 해결은 어려울 듯했다.

병사들의 강경한 태도가 이해 못 할 바도 아니다.

전염병이 발생한 지역에 어찌 오래 있고 싶겠는가.

이들 모두 성자로 불리는 딕스를 잡아서 빨리 돌아가고 싶은 마음만 앞서고 있었다.

이런 상황에 룩센의 태도는 이 병사를 단단히 화나게 만들었다.

체구에서 압도적인 우위에 있는 병사가 룩센의 소매를 힘껏 끌어당겼다.

한데 병사가 당긴 것은 허공이었다.

병사의 얼굴이 황당하게 변했다.

주변에 있던 병사들도 마찬가지였다.

"뭐, 뭐지?"

"어… 어떻게 된 거야?"

"대낮에 유령이라도 나온 거야?"

후방에서 들려오는 병사들의 웅성거림에 장교가 버럭 소리쳤다.

"근무 중에 어찌 잡담질이냐! 안 되겠다. 내 저것들에게 법의 무서움을 보여주겠다. 뭣들 하느냐! 돌격……?"

좀 전 병사에게 옷이 잡혔던 룩센이 신기루처럼 장교의 바로 코앞에 나타났다.

돌격 명령을 내리려던 장교는 룩센의 홀연한 등장에 깜짝 놀랐다.

장내의 시선이 일제히 룩센에게 쏟아졌다.

그를 알아본 주민들이 크게 술렁거렸다.

"룩센 님이잖아. 왜 저기 계시지?"

"어머나, 이 일을 어째."

주민들의 태도에 장교의 눈동자가 반짝거렸다.

장교는 룩셴을 성자로 오해했다.

호박이 넝쿨째 코앞에 짜잔 하고 나타났으니 어찌 기쁘지 않겠는가.

장교의 검이 불을 뿜었다.

뾰족한 검끝이 룩셴의 얼굴을 겨냥했다.

"허억!"

"아!"

"크, 큰일이다."

룩셴의 진정한 실력을 알지 못하는 주민들은 한마음으로 그를 걱정하며 안절부절못했다.

일부 주민들은 앞으로 뛰어나와 그를 구하려고까지 했지만 병사들에게 잡혀 이불 빨래처럼 이들의 발길 아래 짓밟혔다.

퍽퍽퍽퍽!

"아악!"

"어이쿠, 그래… 죽여라! 죽여!"

"같이 죽자, 이 썩을 놈들아!"

다리를 잡고 늘어지는 남자에게 더 많은 발길질이 쏟아졌다.

용기를 낸 이들은 순식간에 피투성이가 되었다.

그제야 이 사태가 피를 볼 수 있음을 주민들이 실감했다.

다들 약속이라도 한 듯 주민들이 뒤로 주춤거렸다.

겁도 없이 룩센이 자신을 겨눈 장교의 검끝을 잡아서 그 방향을 틀었다.

그의 이런 행동에 장교는 기가 차다는 표정을 지었다.

"이 미친놈이! 죽고 싶어 환장한 것이냐!"

장교가 버럭 소리치며 검을 룩센 앞으로 밀었다.

그를 죽이려는 행동은 아니었다.

룩센을 성자라고 단단히 믿고 있는 장교였다.

앞서 위험을 감수하며 달려들었던 남자들 때문에 장교의 확신은 더욱 확고해졌다.

병사들이 밧줄을 가져와 룩센을 묶었다.

의외로 룩센은 반항하지 않았다.

그렇게 매듭을 단단히 한 순간, 밧줄만 남고 그 안의 내용물인 룩센은 온데간데없이 사라졌다.

이 해괴한 일에 모두가 입을 쩍 벌렸다.

어떤 이는 몸까지 부르르 떨었다.

감쪽같이 사라졌던 룩센이 장교의 뒤에 나타났다.

흠칫한 장교가 몸을 돌리려다 이내 멈칫했다.

뒷덜미를 지그시 누르는 차갑고 서늘한 감촉 때문이었다.

"무, 무슨 짓이냐? 날 해치면… 너는 물론이거니와 저 주민들도 모두 무사하지 못할 것이다!"

병사들이 일제히 룩센을 향해 무기를 겨누었다.

룩셴은 예의 그 나른하게 늘어지는 무미건조한 음성으로
장교에게 말했다.

"넌 재미없어."

장교는 이 말의 뜻을 이해하지 못했다.

근처에 있던 이들도 마찬가지로 아리송한 표정을 지었다.

단검을 상대의 목에 들이댄 자의 입에서 재미없다는 말이
왜 나온단 말인가? 다들 그 말의 요지를 이해하지 못했다.

이것이 사형 판결임을 아무도 알아듣지 못한 것이다.

오직 한 명!

"루우우욱세~엔, 멈춰!"

룩셴이 손을 멈추고 소리가 들린 곳을 보았다.

주민들을 가르며 헐레벌떡 뛰어오는 딕스가 보였다.

"룩셴! 그 녀석, 죽이면 안 돼!"

딕스가 다시 한 번 소리쳤다.

이제야 사람들은 룩셴이 좀 전에 '재미없다' 라고 한 말이
무슨 의미인지 깨달았다.

폭력과 살인은 다르다.

피를 보는 것과 시체를 보는 것은 또 다르다.

살인은 감정을 극단적으로 몰고간다.

때마침 딕스가 나타났기에 망정이지 그렇지 않았다면 이
곳은 전장이 되었을 터였다.

뭐, 죽고 죽이는 전쟁터가 되어 봐야 죽어나가는 자들은 병

사들이다.

룩셴이 주민들의 편을 든다는 가정하에서.

룩셴은 장교를 버려둔 채 공간을 이동해 딕스 앞에 섰다.

매번 경험하지만 룩셴의 이런 움직임은 늘 딕스를 놀라게 했다.

모두가 룩셴의 숨은 매력(?)에 질려 입도 벙긋하지 못했다.

그때 저 멀리서 한 무리의 군마가 무서운 속도로 이쪽으로 달려오고 있었다.

"멈춰라! 영지군은 모든 행위를 중단하고 그 자리에 대기하라!"

"대기하라!"

두두두두두.

딕스는 싱그로아 국왕의 의동생이다.

뮬 공국을 대표하는 가장 강력한 능력자이기도 하다.

엘리자베스 공주는 딕스를 헥센 왕국으로 보내면서 회의 석상에서 그의 진면목을 공개했다.

이는 동맹국들이 그간 공국의 저력을 너무 업신여기는 것 같아 자국에도 이런 능력자가 있음을 선보이는 자리이기도 했다.

공주의 이러한 행동은 즉각 각 동맹국의 수뇌부에 들어갔고 딕스는 각국이 주목하는 자가 되어 있었다.

싱그로아 역시 예외는 아니었다.

지금 이리로 달려오는 군대는 싱그로아 남부 중앙군으로, 딕스를 영접하기 위해 달려오는 자들이었다.

딕스는 뒤끝 있는 남자다.

그의 그 뒤끝은 자신을 잡아 고초를 가하려 했던 자들에게도 예외 없이 고개를 내밀었다.

곁에는 속내를 알 수 없는 찜찜한 녀석.

옷감에 돋아난 보푸라기처럼 룩센을 붙이고 다니지만 할 건 해야 한다.

뒤통수 맞고 어찌 편히 살 수 있단 말인가.

그리고 지금은,

'내가 갑이지. 이 자식들이 감히 날 마녀재판에 회부하려고 했단 말이지!'

빠드드득.

"이를 소중히 해라. 늙어 고생한다."

천둥 같은 딕스의 이 가는 소리를 옆에서 와인을 벌컥벌컥 들이켜던 그의 보푸라기 동무(?) 룩센이 한마디 툭 던진다.

녀석의 진심 어린 고마운 걱정에 딕스는 속에서 또 천불이 올라왔다.

전에는 하루에 한 병씩 1천 골드짜리 와인을 들이켜더니 삼 일 전부터는 하루에 두 병씩 처먹는다.

2천 골드면 가난한 이 몇 명을 구제할 수 있는데.

물론 딕스가 모르는 가난한 자들을 위해 기부 따위 할 녀석은 아니다.

눈앞에 보인다면 또 모를까.

"아, 고마워."

딕스는 어색하게 웃으며 룩센에게 말을 붙였다.

말 한마디 더 걸면 룩센이 와인을 들이켜는 속도가 줄어든다.

티끌 모아 태산이란 말이 있다.

저 한 모금이 쌓이고 쌓이다 보면 와인 한 병의 양이 되지 않겠는가.

그럼 돈이 얼만가…

무려 1천 골드다.

저 와인에 지불되는 돈이 누구의 호주머니에서 나가는가.

다 자신에게서 강탈해 간 통장에서 야금야금 빠져나간다.

돈 쓰는 재미를 알게 해서는 안 되는데…

룩센을 보면 이게 제일 걱정인 딕스다.

'너, 그리 살다간 나중에 늙어서 사계절 내내 고물 줍고 살 거다. 망할 알코올중독자 같으니라고.'

"고마우면 한 병 더."

"뭐?"

"다 마셨네, 이거."

빈 병을 손가락으로 통통 튕기며 룩센이 말했다.

"룩센, 술 많이 마셔 봐야 좋을 거 하나 없어. 몸 상하지, 돈 날아가지, 병원도 아닌데 몸에서 알코올 냄새나지. 봐봐. 뭐 하나라도 좋은 게 있는지. 없지, 없지? 없잖아. 그러니까 이제 부터라도 하루에 한 병, 그리고 내일부턴 반병씩 이렇게 줄이면 어떨까?"

"……."

"네가 이해를 못 하나 본데 너 그렇게 술에 쩔어 살면 여자친구도 안 생긴다. 어떤 여자가 주정뱅이를 좋아하겠냐?"

"……."

"…너, 혹시 동성연애자는 아니지?"

남자에게 여자는 만능의 열쇠다.

그래서 딕스는 룩센에게 이 열쇠를 들이밀었다.

한데 녀석의 반응이 영 신통치 않았다.

그때 불현듯 떠오르는 게 동성연애자다.

딕스는 순간 섬뜩함을 느꼈다.

불길함에 몸이 덜덜 떨렸다.

놈에게 자신은 적이다.

그런 적을 놈은 살려주었다.

왜? 좋아하니까.

주르르.

딕스의 등줄기로 식은땀이 소낙비처럼 쏟아진다.

룩센이 소리 없이 스륵 일어났다.

딕스는 움찔하며 슬금슬금 뒷걸음질했다.

"…와인."

"응?"

퉁퉁.

두 번 말하기 싫다는 듯 룩센이 빈 병을 손가락으로 퉁퉁 튕긴다.

순간 딕스는 이 소리가 천국에서 들려오는 천사의 나팔 소리처럼 들렸다.

1천 골드짜리 와인? 지금 같은 상황에선 열 병이든 백 병이든 녀석이 원하는 대로 얼마든지 사 줄 의향이 있었다.

'날 건드리면 진짜 죽여 버릴 거야!'

"마셔야지. 아암, 사람이 천년만년 사는 것도 아닌데 먹고 싶은 건 먹고 마시고 싶은 건 마셔야지. 그래야지."

딕스의 속내를 알 리 없는, 어쩜 알지도 모를 룩센은 특유의 그 건조한 어조로,

"지조……."

"응?"

"…없군."

룩센이 딕스를 스쳐 지나간다.

녀석이 나가자 딕스는 안도의 한숨을 크게 내쉬며 비척거리는 걸음으로 의자에 털썩 주저앉았다.

겨우 안정을 되찾은 딕스의 머릿속에서 룩센이 남긴 말이

맴돌았다.

지조는 사전적으로 '원칙과 신념을 굽히지 않는 꿋꿋한 의지'를 뜻한다.

하지만 딕스가 직면했던, 물론 그만의 착각일 수는 있으나 그 상황에선 이를 지키기 힘들다.

굵직한 걸 배출하는 곳으로 뭔가가 들어오겠다는데…

부르르.

'저놈… 진짜 조심해야 할 놈이다.'

룩센에게서 지켜내야 할 게 목숨과 돈 이외에도 하나가 더 있음을 깨달은 딕스는 깊은 슬픔과 낙담에 빠져들었다.

어찌해 자신의 인생에 저런 괴이한 태클이 끼어들었을까? 이건 명백한 저주다.

딕스는 룩센의 저주에서 벗어날 수 있다면 억만금도 아깝지 않다고 생각했다.

적어도 지금 이 기분에선.

똑똑.

"딕스 경, 칼슨입니다."

룩센으로 인해 받은 정신적인 충격의 늪을 급히 메우며 딕스는 벌떡 일어선다.

한쪽에서 돈을 물 쓰듯 펑펑 써대니 다른 한쪽은 그 소비에 맞춰서 벌어야 한다.

이것이… 균형이다.

딕스는 자신을 재판에 회부하려 했던 이곳의 영주와 신관에게서 돈 냄새를 맡았다.

맡았으니 뜯어도 왕창 뜯어낼 심산이다.

이는 양심에 전혀 꺼릴 게 없다.

전투력을 불태우며 딕스는 활짝 문을 열었다.

칼슨 백작. 지난날 그는 딕스를 뮬 공국까지 경호해 준 왕실 근위기사단의 부단장이다.

이번에도 그가 직접 딕스를 마중하기 위해 여기까지 왔다.

뜻 깊은 인연이 아닐 수 없다.

"제가 칼슨 백작님께 여러모로 신세만 지는군요."

"아닙니다, 딕스 경. 딕스 경의 도움으로 위기를 넘긴 주민들이 어디 한둘입니까. 이런 큰 은혜를 베풀었음에도 이를 고마워해야 할 이곳의 영주와 자비를 몸소 실천해야 할 신관들의 치졸한 행위는 벌을 받아 마땅합니다."

"그리 생각해 주시니 감사합니다. 외국인인 제가 싱그로아의 영주와 신관에게 억울한 일을 당해도 어디 하소연하겠습니까. 다행히 정의감이 투철하신 칼슨 백작님이 때마침 와주셔서 정말 다행이고 다행입니다."

딕스가 어디 억울한 일을 당하고 가만있을 녀석인가.

천만의 말씀이다.

칼슨 백작이 왔기에 이곳의 영주와 신관은 정신적, 신체적, 경제적으로 딕스에게 받았을 타격을 현저하게 줄일 수 있었다.

백작이 아니었다면 딕스는 깊은 새벽녘 안개와 함께 그들을 방문했을 터였다.

참고로 딕스는 자신의 인건비를 굉장히 높게 책정한다.

"어찌 그리 섭섭하게 말씀하십니까. 저희 전하께선 딕스 경을 친동생처럼 생각하십니다. 그러니 행여나 전하를 뵙게 되면 그리 말씀하지 말아주십시오. 전하는 경을 진심으로 좋아하신답니다."

딕스는 안소니 국왕을 만날 의사가 없었다.

헥센의 북부에서 싱그로아로 들어와 뱃길로 뮬 공국으로 가는 편이 빠르고 편하기에 길을 그리 잡은 것이다.

그랬는데 그만 여기서 발이 묶여 안소니 국왕을 보고 가게 되었다.

뭐, 바쁜 일은 해결했으니 천천히 귀국해도 되긴 했다.

'헬레나 양은 잘 있으시려나?'

그녀는 국가적으로 보호해야 할 인간의 탈을 쓴 여신이다.

그놈의 술만 아니었다면 여신과의 뜨거운 하룻밤을 보낼 수 있었을 텐데.

하지만 지금은 이미 여자가 둘이나 있다.

이런 자신이 어찌 한눈을 팔겠는가!

딕스는 그렇게 생각했지만… 그래도 남자이기에 헬레나를 보고 싶은 마음은 어쩔 수 없었다.

싱그로아의 여신 헬레나와 견주어도 결코 손색이 없는 뮬 공국의 여신 레이첼, 그녀의 사랑을 한 몸에 받고 있지만.

'뭐, 얼굴만 보려는 건데. 딴 뜻 하나 없는데. 하아, 이번엔 술 좋아하는 룩센보고 안소니 왕 형님과 대작하라고 해야겠군. 흐음.'

위험한 보푸라기 개흡혈충도 이때는 정말 쓸모가 있다.

딕스는 룩센이 자신의 인생에 도움이 될 날이 오자 진심으로 놀라워했다.

"개똥도 쓰일 때가 있다더니… 역시 사람 앞날이란."

"무슨?"

"아, 아닙니다. 잠시 다른 생각을 했습니다. 자, 가시죠. 절잡아다 재판에 회부하려던 자들의 얼굴이 무척 궁금하답니다. 하하."

딕스는 나름 굉장히 열심히 살고 있었다.

그 결과 많은 것을 얻었다.

문제는 얻은 것만큼 지출 부분도 상당하다는 것이다.

지금 그는 지출을 메우기 위해 가고 있다.

'포도 농장을 하나 살까?'

왠지 룩센이란 개흡혈충 보푸라기는 자신의 인생에서 쉽게 떨어져 나갈 것 같지 않다.

그렇다면 와인 농장을 통째로 구입하는 게 여러모로 이익이라는 생각이 들었다.

그때 지금의 폐논이 생각났다.

장차 그곳은 자신의 영지가 될 곳이다.

그곳의 기후와 토질은 포도 농장을 하기에 적당하다.

'땅값은 아끼겠네.'

이참에 공주에게 말해서 작위와 폐논을 달라고 해볼 심산인 딕스다.

어차피 헥센의 임무를 맡으면서 공식적인 석상에 모습을 드러냈다.

이제 더 이상 제국의 클라우드 폰 야니스란 천재를 의식할 필요가 없어졌다.

지금은 전쟁 억제를 위한 과시가 필요한 시절이다.

뮬이 대외적으로 힘을 과시할 유일한 패는 딕스뿐이다.

벌컥벌컥.

높은 종탑. 그곳에서도 가장 높은 부분인 지붕에 커다란 후드가 달린 로브를 입은 남자가 앉아 술을 들이켜고 있었다.

이 한 병의 술과 함께 로브를 입은 남자는 인생을 마감하려는 것일까? 그렇지 않고서야 어찌 이 위험천만한 장소에 올라왔을까?

아니, 그보다 어떻게 이곳까지 올라왔는지 의문이다.

어쨌든 이 주변에서 가장 높은 전망대인 이곳에서 로브를 입은 남자가 술을 마셨다.

그렇게 한 병의 술을 다 비운 그는 품에서 다시 새 술을 빼

들었다.

벌컥벌컥.

술병의 절반이 로브를 입은 남자의 입으로 사라졌다.

그런데 무서운 기세로 술을 마시던 그의 움직임이 갑자기 멈칫한다.

그 남자의 시선이 한동안 한곳에서 떠나지 않는다.

이런 그에게서 차분한 살기가 흘러나온다.

스윽.

로브를 입은 남자는 반쯤 남은 술병을 지붕 턱에 올려놓은 뒤 몸을 날렸다.

종탑과 지면의 거리는 20미터로 새가 아닌 이상에는 추락하면 곤죽이 되리라.

하지만 그는 추락하지도 않았고 그 자리에서도 사라져 버렸다.

룩셴이 다시 나타난 곳은 골목길이었다.

골목은 피 냄새로 진동했다.

츠팟!

로브를 입은 남자, 아니, 룩셴을 향해 암살자들이 달려들었다.

담장과 지붕, 그리고 땅속에서 놈들은 나타났다.

모든 방위를 철저히 봉쇄당했다.

대기 중에 흡수되어 사라지지 않는 한 이 공격은 절대 피할 수 없다.

완벽한 암살 수법이다.

하지만 암살자들의 이러한 수법은 룩센에게는 통하지 않았다.

룩센은 자신을 노리고 찔러 들어오는 암살자들의 검로를 바꾼 뒤 예의 그 신비한 능력으로 종적을 감추어 버렸다.

암살자들의 두 눈이 부릅떠진다.

룩센이 사라지고, 틀어진 검로 끝에 동료들이 있었기 때문이다.

푹푹푹푹!

"으윽!"

"큭!"

암살자 다섯은 상잔했다.

이들은 하나의 덩어리가 되어 쓰러졌다.

"제길! 놈을 찾아!"

암살자는 죽은 자들 다섯뿐이 아니었다.

곳곳에서 암살자들이 튀어나왔다.

그 숫자는 스무 명.

좁은 골목이 수용하기에는 너무 많은 인원이다.

그 정도의 많은 인원이 숨어 있었음에도 불구하고 이들의 기척을 찾아낼 수 없었다.

놀라운 실력을 가진 암살자들이다.

이 정도의 경지면 적어도 일급 암살자는 될 것이다.

어쨌든 이들을 급습한 룩센은 스무 명의 암살자를 차례로 죽여 나갔다.

공간을 자유자재로 움직이는 룩센의 살수는 완벽했다.

그 완벽함은 생명의 소멸로 이어졌다.

스무 명의 일급 암살자들이 단 10초 만에 룩센의 손에 모두 죽었다.

"아… 뚜껑."

후드 안에 숨겨진 룩센의 인상이 크게 찌푸려진다.

반병이나 남은 와인을 뚜껑도 막아놓지 않고 온 것이다.

1분도 안 되는 시간이다.

하지만 이 1분이 어떤 이들에겐 한 시간일 수 있고, 하루가 될 수도 있고, 1년이 될 수 있다.

공간을 넘나드는 능력자 룩센에게 시간은 매우 특별하다.

"오면… 또 죽는다. 가라. 가서 전해. 그는 내 꺼다."

룩센이 골목에서 사라졌다.

그러자 한 명이 모습을 드러냈다.

그러곤 곧 그 역시 조용히 사라졌다.

제8장

경이로운 문화

DIX SAGA

  싱그로아의 수도 라틴 힐로 향하는 북부 가도.

  병사들의 호위를 받으며 크고 화려한 마차가 힘차게 내달
리고 있었다.

  높은 신분의 사람이 이 마차에 타고 있음을 겉으로 보여지
는 행렬이 깊이 시사한다.

  마차 안.

  "역시 당파가 문제야. 당파가. 젠장."

  딕스가 불만을 토로하고 있었다.

  당파의 사전적인 의미는 '정치적 목적이나 견해를 같이하
는 무리가 이룬 집단이다' 라고 되어 있다.

정치와는 일면식도 없는 딕스가 어찌해 당파 문화(?)를 성토하는지 알 수 없다.

누군가 그에게 그 이유를 물었으면 좋겠는데.

마차엔 안타깝게도 룩센뿐이다.

벌컥벌컥.

보통 사람은 불만을 가지면 이를 떠들어 옆 사람의 호응을 끌려는 성향이 있다.

딕스 역시 예외가 아니다.

그러나 그의 옆 사람은 남이 앞에서 똥을 싸든 오줌을 받아 마시든 제가 관심이 가지 않는 상황엔 그 어떤 호기심도 발동하지 않는 고독한 와인 애주가다.

"그게 맥주냐?"

"…와인."

"와인은 조금씩 향기와 맛을 음미하면서 먹는 고급술이잖아. 너처럼 퍼마시면 부유한 왕국도 몇 년 안가서 쫄딱 망하겠다. 너 내가 갑분 줄 알아? 나 가난한 시골 기사 집안의 막내아들일 뿐이야. 내가 얼마나 헐벗고 자랐는지 내 얘기 들으면 넌 가슴 아파서 그 술 그렇게 못 마신다."

1억 골드 자산가가 할 소리는 결코 아니다.

왕과 공주와 부족의 족장과 고급 관리의 무리를 인맥으로 쫙 깔아놓은 사람이 할 소리도 아니다.

딕스가 보유한 이 인적 자산을 가치로 매긴다면 천문학적인 가격이 나올 것이다.

이래서 있는 것들이 더 하단 말이 나오는가 싶다.

자신의 과거까지 언급하며 룩센의 동정심에 호소해 보는 딕스다.

하지만 호응도가 약한, 아니, 전무한 룩센이다.

"…아니잖아."

"뭐?"

"지금은."

룩센의 느린 대꾸와 올라간 그의 검지가 창이 되어 딕스를 겨냥한다.

지금도 가난하다!

그렇게 말했다간 거짓말을 했다는 이유로 굉장히 불길한 일을 당할 것 같았다.

어떤 인간들은 거짓말쟁이를 굉장히 싫어한다.

이는 딕스도 마찬가지다.

어쩌다가 자신의 고매한 인격이 요 모양으로 추락했을까?

한숨이 절로 나온다.

"뭐, 뭐… 그렇지. 하지만 사람이 개구리 됐다고 올챙이 적 생각 못 하면 안 돼. 동물이든 식물이든 잘 익을수록 겸손한 거 몰라? 당장 저기 저 밀밭을 봐라. 노란 게 얼마나 겸손하냐?"

"겸손……."

"……?"

"너나 해."

룩센의 말에 딕스는 벌레 씹은 표정으로 고개를 홱 틀어버렸다.

딕스는 자신을 재판에 회부하려 했던 영주와 신관에게서 만족할 만한 성과를 얻지 못했다.

영주에겐 빵빵한 당파가 있었고 신관에겐 신전 연합이 있었다.

세상엔 우아한 독고다이가 없어도 너무 없었다.

이것이 딕스로 하여금 실망감을 느끼게 했다.

"지저분해."

창문에 코를 박고 있는 딕스가 안 되어 보였던지 룩센이 먼저 말을 걸어주었다.

이는 굉장히 특별한 일이다.

문제는 룩센이 건넨 말이다.

딕스는 자신의 몸에 냄새가 난다는 말로 알아들었다.

보통 누군가 이 말을 하면 대개의 사람들은 자신을 문제라고 여기게 된다.

빨개진 얼굴로 딕스는 자신의 몸 냄새를 맡았다.

아무리 맡아도 향기롭기만 했다.

"나, 아침에 샤워했어. 근데 넌 씻고 다니기는 하냐? 만날 포대 자루 같은 거나 뒤집어쓰고 다니니 씻고 다니는지 안 씻고 다니는지 알 수가 있나. 흠."

"내 몸 보고 싶나?"

딕스는 머리털 나고 오늘처럼 황당하고 두려운 적은 없었
다.

더욱이 여긴 사방이 꽉 막힌 장소다.

이 같은 장소에서 저와 같은 대사는 결코 동성에게 던져서
는 안 된다.

그나저나 룩셴이 남잘까, 여잘까? 체구를 보면 여자 같기
도 한데 목소리를 들어보면 아닌 것 같기도 하고.

딕스는 룩셴에 대해 아는 게 하나도 없었다.

오죽하면 상대의 성별도 몰라서 이처럼 헤매겠는가.

그에 대해 아는 것은 무지막지하게 잘 싸운다는 것과, 게으
르고 나태한 제멋대로형 인간이란 것과, 비싼 와인을 물처럼
마신다는 것뿐이다.

그 외 룩셴에 대해서 아는 게 없었다.

"저기… 루, 룩셴."

"……."

딕스는 침을 꼴깍 삼켰다.

지금부터 딕스는 굉장히 중요한 걸 물어볼 심산이다.

그게 뭐냐면…

"남자가 좋아, 여자가 좋아?"

룩셴은 대답하지 않았다.

깊은 후드 속에 꽁꽁 숨겨진 그의 얼굴은 대체 무슨 표정인 걸까? 딕스는 자신의 질문에 그가 크게 당황한 게 아닐까 하는 생각을 했다.

이 생각은 딕스를 혼란과 공포에 빠뜨렸다.

앞으로 룩센과는 한참을⋯ 기약 없는 세월을 함께 있어야 할지 모른다.

그런데 그런 녀석의 취향이 그쪽(?)이라면 사고가 날지도 모를 일이다.

그래서 다른 건 다 제쳐 두고 오직 이것만은 반드시 확인하고 싶었다.

진심으로 절실한 딕스다.

두근두근.

"멍청이."

룩센이 말했다, 멍청이라고.

딕스의 머릿속엔 이 순간 멍청이라는 단어가 홍수가 되어 있었다.

도대체 룩센이 말한 저 '멍청이' 엔 무슨 뜻이 숨어 있는 것일까? 딕스는 이 단어를 해석하기 위해 필사적으로 여기에 매달렸다.

그리고 가장 근사치의 답을 찾아낼 수 있었다.

이는 그가 진심으로 인정하기 싫은 답이었다.

'아, 아니겠지. 설마⋯ 그 멍청이가 너 좋아해 하는 뜻을

내포한 것은 아니겠지? 아닐 거야, 절대.'

딕스의 손가락과 발가락과 항문이 잔뜩 긴장해 오므라지고 닫혔다.

거울을 볼 때마다 딕스는 매일매일 깜짝 놀란다.

자신이 봐도 자신이 대견할 만큼 잘생겼기 때문이다.

어디 얼굴뿐인가! 몸매도 예술이다.

게으름을 피우고 싶어도 이 몸매 유지를 위해 차마 게으름을 피우지 못할 지경이다.

자신이 봐도 반할 지경인데 남들은 오죽할까.

룩셴은 다시 와인을 들이부었다.

'그래… 그냥 그거 마셔라. 마셔.'

자신보다는 그래도 와인이 더 싸다.

딕스는 마차 이동 내내 룩셴을 쳐다보지도 않았다.

그리고 마차가 어느 도시에 도착했을 때 딕스는 부리나케 마차 밖으로 튀어나가 의류 매장에서 룩셴과 동일한 로브를 구입했다.

…커플 룩.

이 로브는 이후 노도의 딕스를 상징하는 옷이 되기도 한다.

이날 이후 그는 늘 이 로브만을 고집했다.

그의 얼굴은 늘 베일(?)에 싸여 있어 적들로 하여금 그를 더 두렵게 만드는 효과도 발휘했다.

*　　　*　　　*

카페니스 제국에서 최근 크게 부각되는 인물을 꼽으라면 모두가 한 인물을 반사적으로 떠올린다.

야니스 공작 가문의 천재 마법사 클라우드.

이 천재 마법사는 병략에도 능통해 제국의 오랜 골칫거리들을 별다른 피해 없이 섬멸해서 황제의 깊은 신임과 포상을 받았다.

인생의 황금기.

사람들은 오늘날의 클라우드의 삶을 부러워하며 그리 평가하고 있었다.

'딕스라… 그 녀석인가?'

클라우드는 과거의 기억을 더듬었다.

그의 놀라운 기억력은 대수롭지 않게 생각했던, 잠깐 본 딕스까지 찾아냈다.

이런 그의 기억 속에 딕스는 초라하고 볼품없는 무지몽매한 넝마 쪼가리에 불과했다.

한데 그 넝마가 몇 년 만에 골칫거리로 등장했다.

제국에 반하는 자들을 섬멸한 공을 인정받아 당당히 천벽의 중간 간부로 입성한 클라우드.

황제는 그에게 북부 동맹을 상대하는 임무를 맡겼다.

삼십 대를 바라보는 클라우드에게 있어 이번 임무는 사십

대의 인생을 결정지을 중차대한 관문이었다.

그런데 하필 그림자 마법사 중에서도 발군의 능력을 지닌 룩센이 반기를 들어버렸다.

'회유 불가능인가? 난제의 등장이군.'

룩센을 회유하기 위해 클라우드는 사람을 파견했다.

하지만 번번이 거절당했다.

한데 이번엔 그 거절의 강도가 셌다.

이는 결코 돌아오지 않겠다는 뜻이다.

"스키어, 아이나, 아무래도 너희 둘이 가줘야겠다. 룩센이 돌아올 마음이 없음이 확인됐다."

클라우드의 앞에 남녀 한 쌍이 각자 편안한 곳에 앉아 있었다.

남녀는 클라우드의 말에 무표정한 얼굴로 고개를 끄덕였다.

차가운 밀랍 인형 같은 느낌의 남녀.

천벽의 간부로 오게 된 클라우드.

예전의 그 역시 이곳에서 저들처럼 그림자 주술을 시술받았다.

하지만 클라우드는 다른 그림자 마법사들과는 다른 형태로 그 힘이 발전했다.

일반적인 마법사의 능력이 향상됨과 더불어 또 다른 힘을 가지게 되었다.

그는 이 힘을 단 한 번도 외부에 노출하지 않았다.

단 한 번도.

도시 콜리튼.

딕스 일행은 점심때쯤 이 도시에 들어왔다.

일정은 여기서 점심을 먹고 바로 떠나는 것으로 되어 있었다.

후드를 푹 눌러쓴 두 사람이 나란히 앉아 있다.

그중 한 사람이 말한다.

"칼슨 백작님, 다들 피로가 누적되어 있는 것 같던데 오늘은 여기서 하루 쉬고 내일 출발하죠. 괜찮으시겠습니까?"

그는 딕스다.

딕스와 룩센의 똑같은 옷차림은 한동안 일행에게 큰 웃음을 주었다.

물론 이들 앞에서 웃는 경솔한 자는 없었다.

이 도시는 딕스에게 굉장히 뜻 깊은 곳이다.

일행의 여정과 안전을 책임지는 자는 칼슨 백작이나 발언권은 딕스가 더 높다.

칼슨 백작이 일행을 본다.

여기저기 흩어져 식사하던 기사들이 두 눈을 초롱초롱하게 빛낸다.

도시 콜리튼은 가을과 겨울의 풍광이 아름다운 왕국 제일의 관광도시다.

지금은 늦은 8월로, 이 도시가 자랑하는 가을과 겨울 풍경은 볼 수 없다.

그럼 시시한 도시가 아니냐? 그렇게 묻는다면, 당연 아니다.

이 도시엔 남자라면 누구나 반가워할 최고의 숙박업소 파라다이스가 있기 때문이다.

일반실 하루 숙박료가 무려 3골드나 하는 이 최고급 숙박업소는 남자라면 누구나 머물러 보길 소망하는 곳이다.

물론 객실도 좋지만 그 아래 지하층이 참 좋은 곳이다.

호위 기사들의 전신에서 엄청난 투지가 끓어오르기 시작했다.

칼슨 백작이 어찌 이곳 콜리튼을 모르랴.

'여름의 풍광이 좋은 곳이긴 하지. 이 풍광이 마음에 드셨나 보군.'

백작의 내심은 이랬다.

그러나 실제 딕스의 본심을 알았다면 그는 참으로 무안했을 것이다.

"정 그러시다면 알겠습니다."

"와아~!"

젊은 기사들의 입에서 함성이 터졌다.

칼슨 백작이 얼굴을 벌겋게 붉히며 연방 헛기침을 토해

냈다.

딕스는 젊은 기사들을 스윽 둘러보며 리안 부족 연합의 사투리를 내심 구사했다.

'내도 니 맘 안다~'

이로써 모두가 콜리튼에서 하루를 묵게 됐다.

이젠 숙박업소를 구하는 일만 남았다. 모두가 파라다이스를 원했다.

그러나 칼슨 백작은 일반실도 무려 3골드나 하는 그런 고급 숙박업소에 들어갈 마음이 전혀 없었다.

가장 큰 문제는 기사들과 병사들이 혈기 왕성하다 보니 사고가 발생할 수 있다는 점이었다.

그래서 되도록 조용한 곳에 여장을 풀고 하루 쉬었다가 내일 출발할 생각을 했다.

모두의 마음에 정면으로 반하는 칼슨 백작이다.

딕스가 교통정리를 했다.

"제가 우연히 듣기로 도시 콜리튼에 왔으면 파라다이스에 묵으란 말이 있더군요. 제가 하루… 거길 쏘겠습니다."

"우와아아아아아—!"

"딕스 경 만세! 만세! 만세!"

때아닌 만세 삼창이 터진다.

식당의 손님들은 이 소리에 다들 기함했다.

영문을 알고는 남자들은 피식거렸고 여자들은 얼굴을 붉

히며 헛기침을 연발했다.

"딕스 경, 그곳은 비싼 숙박업소입니다. 한두 명도 아니고 수십 명을 어찌……."

칼슨 백작은 딕스를 순진하게 보았다.

그래서 소문만 듣고 파라다이스 여관으로 가려는 것이라 생각했다.

이렇다 보니 만류하고 나섰다.

갑자기 일행에 정적이 찾아들었다.

모두가 딕스를 보았다.

그들은 일심으로 내심 외쳤다.

'제발!'

딕스는 그들의 소원을 흔쾌히 들어주었다.

"칼슨 백작님, 전 한 입 가지고 두말하는 그런 경박한 사내가 아닙니다."

다시 한 번 식당에는 기사들의 함성이 울려 퍼졌다.

딕스는 칼슨 백작이 또다시 제동을 걸까 싶어 근처에 있던 젊은 기사를 불러 당장 객실을 예약하도록 지시했다.

이 젊은 기사는 희희낙락하며 쏜살같이 식당을 나섰다.

후드 속 딕스의 얼굴은 이 순간 긴장으로 바짝 굳어 있었다.

그토록 바라던 파라다이스에서의 정상적인(?) 하룻밤을 보낼 수 있는데 왜 긴장할까? 하지만 여기엔 그만의 속사정이 있었다.

바로 그의 옆에 앉아 있는 룩센.

그의 성적 취향을 확실히 알아보기 위함이다.

'진짜… 진정 아니길 빈다, 룩센.'

파라다이스 여관 지하에 딕스는 당당히 입성했다.

이곳은 지상도 그렇지만 지하가 더 멋지고 화려하다.

깊이 내려갈수록 놀라운 것들이 참으로 많다.

일단 발동을 슬슬 걸어주는 단계.

번개가 사방에서 번쩍번쩍 친다.

여러 악기들이 하모니를 이루며 교미하는 뱀처럼 야하게, 때로는 빠른 비트로 사람을 흥분시킨다.

빛과 음악의 향연이 어우러지면 사람들은 무대에 나가서 미친 듯이 몸을 흔들었다.

낯모르는 남녀가 몸을 부비며 막… 그런다.

딕스는 문화적인 충격에 넋이 나가 버렸다.

파라다이스 지하 1층은 이곳 사람들이 말하는 클럽이란 곳이다.

젊은 여자애들이 밤마다 이곳에 들어오려고 장사진을 친단다.

일단 이 여관에 묵을 정도면 어느 정도 재력이 되는 남자들이다.

총각이거나 유부남이거나 상관없었다.

저 젊은 여자들은 이를 가리지 않았다.

그녀들은 마음에 드는 이성과 아무렇지도 않게 하룻밤 깊은 사랑을 나눈 뒤 적당한 용돈을 손에 쥐고 간다고 한다.

그리고 다시 밤이 되면 다시 장사진에 끼어들어 이곳에 들어와 어제와 같은 밤, 엊그제와 같은 밤을 보낸단다.

'뭐, 이런 황당한 곳이……'

남자는 야성의 수컷이 되어 자신이 오늘 밤 사랑해 줄 암컷을 찾아 온몸을 흔들어대며 움직였고, 여자들은 교태와 섹시함으로 무장해 치명적인 향기를 뿌려댔다.

꿀을 가득 담은 그 꽃들의 춤에 오만 나비 떼가 쏜살처럼 날아들었다.

빈익빈 부익부 현상은 사회문제로 어제오늘의 일이 아니다.

이곳 클럽에서도 그러한 현상이 적나라하게 드러나고 있었다.

"저런 여자들을 오크녀라고 한다. 접근도 위험해. 악어처럼 물거든."

진정한 파라다이스의 문화를 체험하기 위해 객실에서 내려온 딕스다.

룩센의 성적 취향을 파악하기 위해 야심 찬 각오로 그렇게 정신 무장을 하고 내려왔다.

그렇게 완전무장의 마음으로 내려온 딕스는 낯선 문화에 한 방 먹어 그로기 상태가 되어버렸다.

이젠 룩센의 취향 따위 전혀 안중에도 없었다.

신 나는 음악에 호응하는 빛의 향연과 자신의 감정을 적나라하게 표현하는 클럽 문화에 그는 푹 빠져 버렸다.

"뭐? 안 들려? 다시?"

"…됐다."

룩센은 놀랍게도 클럽에 대해 잘 알고 있었다.

딕스는 정형화 된 시스템으로 남자를 죽여주는 3층으로 가려고 했다.

그곳이 끝내준다는 말을 들었기 때문이다.

물론 이곳 1층도 나름 매력이 철철 흘러 넘쳤다.

음악이 딕스를 흔들었다.

음악에 맞춰 딕스의 몸이 흔들흔들거린다.

아니, 건들거린다는 표현이 적당할 것이다.

박자와 몸이… 놀랍게도 일치하지 않으니까.

룩센이 지나가는 종업원을 불렀다.

음악 소리가 워낙 커 귀에 대고 큰 소리로 말하지 않으면 알아들을 수 없다.

그래서 다들 손짓이나 불빛으로 신호를 주고받았다.

몇몇 사람들이 그런 방법으로 종업원과 대화를 나누는 것을 본 딕스는 그 모습이 굉장히 신기했고 멋있어 보였다.

한데 지금 룩센이 그와 같은 방법으로 종업원과 대화를 나누고 있었다.

"가자."

건들거리는 딕스의 소매를 잡아끄는 룩센이다.

왠지 그의 음성에 부끄러움이 담겨 있는 것 같다.

딕스는 좀 더 구경을 하고 싶은지 가지 않으려 했다.

"왜? 조금 있다가 내려가자."

"그냥 따라와."

저 앞 룩센과 소통을 나누었던 종업원이 허리를 넙죽넙죽 숙이며 따라오라는 몸짓을 했다.

딕스는 일단 룩센을 따라가기로 했다.

지하 1층은 높은 복층 구조로, 위층은 1층 무대를 내려다볼 수 있는 룸들이 구비되어 있었다.

돈 있는 남자들은 이곳에다 방을 잡아서 논다.

형편이 넉넉하지 못한 자들은 좁은 테이블에서 오가는 사람에게 치이면서 마신다.

그래도 좋단다..

보통 룸은 빈 곳이 없다.

한데 룩센이 말하자 종업원은 특별한 경우가 생길 때를 대비해 한두 개씩 비워두는 VIP 룸을 냉큼 내놓았다.

일단 VIP가 붙으면 엄청 비싼 술값과 자리 값을 각오해야 한다.

"형님들, 끝내주는 인어들로 알아서 넣어드리겠습니다. 형님들도 아시겠지만 저희 업소 물이 최곱니다. 다들 보셨으니 아시겠죠. 주문하신 특 A 코스로 곧 차려 드리겠습니다. 잠시만 기다려 주십시오."

딕스는 자신보다 나이가 많아 보이는 종업원이 말끝마다 형님 형님이라 부르자 많이 어색했다.

한데 룩센은 이를 전혀 어색해하지 않았다.

룩센이 1골드 동전을 종업원에게 주었다.

주는 방식이 굉장히 멋졌다.

딕스가 보기엔 그랬다.

고급스런 느낌의 매끈한 고동색 테이블 위를 쭉 미끄러진 1골드를 나이스 하게 잡는 종업원.

좀 전에 형님 형님 하던 태도에 생명력이 없었다면 1골드를 받자마자 그에게선 인간적인 생명력이 급격하게 피어올랐다.

"뼈가 가루가 되도록 형님들을 위해 선방하겠습니다. 잠시만 기다려 주십시오!"

이곳 말로 세팅을 위해 종업원이 룸을 나섰다.

조금씩 딕스의 정신도 제 몸을 찾아 슬금슬금 기어 들어온다.

"룩센… 여기 와봤냐?"

"멍청이, 클럽의 원조는 제국이다."

"이런 곳이… 제, 제국에도 있다고?"

룩셴은 자신의 전용 술인 1천 골드짜리 와인을 냉수 들이 켜듯 벌컥벌컥 마셔댄다.

이 업소가 처음인 룩셴이 VIP 룸을 잡을 수 있었던 결정적인 이유가 바로 이 와인에 있다.

물장사를 하는 자가 어찌 술에 대해 문외한이겠는가.

종업원은 대번에 룩셴이 물처럼 마셔대는 와인을 알아보았다.

왕도 대귀족도 아마 이곳에선 룩셴의 저 와인보다 못한 취급을 받으리라.

딕스는 여전히 문화적인 충격에서 벗어나지 못하고 있었다.

그가 생각한 파라다이스 지하는 술과 많이 헐벗은 여자가 적극적으로 밀착하며 야한 상황을 만드는 곳이었다.

1차 관문이 이럴진대 2차, 3차… 5차까지 있는 파라다이스의 밤 문화 코스는 어떨까? 상상조차 안 된다.

1차 관문에서 딕스는 여지없이 무너지고 말았다.

클럽!

청춘을 미쳐 날뛰게 하는 매력의 장소다.

'공국에 파라다이스 분점이나 열까?'

비싼 객실료, 비싼 입장료, 비싼 술값.

그럼에도 그 누구도 비싸다고 불평 하나 하지 않는 이 놀라운 세계.

검소한 딕스 역시 이곳에서 쓰는 돈이 전혀 아깝지가 않았다.

이건 딕스 본인도 알 수 없는 미스터리 한 일이었다.

유흥의 허무를 알기에는 그는 아직 너무 어리고 혈기 왕성하다.

뮬 공국을 대표하는 유흥업소는 수도 카라힐 중심가에 위치한 라제르 주점이다.

큰형을 구출하기 위해 그곳으로 쳐들어갔던 시절, 딕스는 그 내부를 본 적이 있었다.

하지만 이곳처럼 그리 와 닿는 느낌은 전혀 없었다.

유흥의 불모지대!

딕스는 파라다이스를 보고 또 룩센에게서 제국의 밤 문화에 대해 설핏 듣자 뮬 공국이 참으로 낙후된 국가임을 또다시 알게 되었다.

"룩센."

"……."

"너, 이런 곳 자주 와봤냐? 능숙하던데."

"출근했다."

룩센의 음성은 여전히 무미건조하다.

그의 흔들리지 않는 부동심에 딕스는 경이로움마저 느꼈다.

룩센은 제국에서도 알아주는 클럽 죽돌이였다.

그가 유명해질 수밖에 없는 이유.

녀석의 패션을 들 수 있다.

일 년 내내 동일한 칙칙한 저 커다란 후드에 펑퍼짐한 로브.

심히 부담이 가는 룩센의 패션이다.

그러나 밤 문화의 세계에서 그의 패션은 부담도, 장애도 되지 않았다.

오히려 관심의 대상이 된다.

베일에 싸인 신비라나 뭐라나.

종업원이 세팅을 했다.

그리고 종업원의 손에 잡힌 이곳의 인어—여자를 인어라 한다— 그 인어들이 쉬지 않고 입장했다.

룩센과 딕스의 룸에 들어온 여자들은 거머리처럼 붙어 나가려 하지 않았다.

한데 의외인 것은 이 여자들이 딕스가 아닌 후드를 눌러 쓴 룩센에게 더 끌려 한다는 것이다.

순식간에 이 클럽에서 빈민층 대열에 합류해 버린 딕스였다.

"물이… 별로군."

종업원에게 말해 부킹을 끊어버린 룩센이 시니컬하게 말했다.

"뭐? 다들 예쁘던데. 부킹… 부킹 좋아! 히끅, 히끅."

딕스는 지금 과도한 알코올을 섭취했다.

생애 두 번째 음주 폭주 상태다.

후드 안 룩센의 얼굴이 찡그려진다.

"클럽에서 취할 수 있는 자격은 여자에게 있다, 멍청이."

"뭐? 그게 뭔 말이래? 남자는 취할 자격이 없어? 누가 그래? 누가! 어떤 새끼야, 다 나와. 다 나와보라그래! 앙~"

"술에 잡아먹혔군, 멍청이."

룩센의 말이 고깝게 들린 딕스가 버럭 한다.

"내가 누군데. 나 마법사야 마법사! 그것도 5서클 마법사! 5서클이라고! 야, 그리고 내가 돈이 얼마나 많은지 너 모르지. 나 돈… 많아! 히끅! 히끅! 마셔. 더 마셔. 1천 골드! 야야, 그거 애들 사탕 값이야. 내가 그 와인으로 목욕시켜 줄까? 말만 해. 나 있는 놈이야! 큭큭큭큭큭."

딕스는 지금… 주사 중.

스윽.

유령처럼 일어서서 움직이는 룩센.

그의 한 손에 딕스의 뒷덜미가 잡혀 있다.

그렇게 딕스는 룩센에게 뒷덜미가 잡혀 질질 끌려 나가는 수모를 당했다.

딕스는 이를 전혀 기억하지 못한다.

"언니, 하이! 너무 예뻐~ 완전 여신이야! 나랑 연애할래?

나 외로워요. 힛힛힛."

지나가는 오크녀를 향해… 딕스가 추파를 던진다.

그녀가 여신이라고.

"흥, 별꼴이야. 주정뱅이."

오크녀에게 퍽 차인 딕스.

그를 끌고 나온 룩센은 어느새 저만치에 서서 그를 모른 척
한다.

"내 일행 아니다."

딕스가 일행이 아니냐며 누군가가 룩센에게 물었다.

룩센은 일말의 흔들림도 없이 단호하게 이리 말했다.

감정 결핍 환자인 룩센마저 부끄러움을 느끼게 만드는 딕
스의 주사는 실로 고금무쌍이다.

"우와아아… 여신 언니, 하이."

지나가는 고블린녀.

"언니, 몸 좋네."

지나가는 오거녀.

"언니, 마스크 예술이얌! 멋져!"

지나가는… 청소부 할머니.

룩센은 후드를 더욱더 깊이 눌러쓴 채 달려와 딕스를 다시
질질 끌고 가기 시작했다.

번개 같은 속도로.

"놔놔! 나 여기서 살 거야! 놓으란 말이야! 이 게이 자식아!

나 너한테 안 줘. 나 너랑 안 해! 너 꺼져, 이 새꺄! 히끅, 히끅!"

부글부글.

룩셴의 정수리에서 허연 김이 모락모락 피어오른다.

대륙의 모든 나무꾼이 딕스의 머릿속으로 초빙되었다.

술기운에서 겨우 벗어나자 찾아온 이 거친 방문객들로 인해 딕스는 다시 큰 홍역을 치른다.

두 번 다시 술을 마시면 자신은 인간이 아니다!

그렇게 무수히 맹세를 하며 이 고난과 시련이 어서 빨리 지나가길 침대에 누운 미라처럼 시간을 보냈다.

하루만 쉬어가기로 한 일정은 딕스의 이러한 상태로 인해 일정의 연기가 불가피해졌다.

"에구구구, 죽것네."

진한 숙취로 인해 입만 열었다면 죽겠다는 말이 먼저 튀어나오는 딕스다.

한 시간 전, 그는 입만 열면 속에 있는 것들을 마치 폭포처럼 쏟아냈다.

처음엔 알록달록한 건더기가 많았다.

하지만 그 일이 밤새 무수히 반복되자 동틀 무렵부턴 위액을 쏟아냈다.

"이기지도 못하면서 받아먹는 네가 바보다."

룩셴의 핀잔에 딕스는 대답할 여력이 없었다.

사실 그의 말에 반박할 입장도 아니다.

자신을 제어하지 못했기에 자신은 물론 일행의 일정에도 차질을 주고 말았다.

민폐!

딱 지금의 자신을 두고 나온 말 같다.

퍽퍽퍽퍽!

뇌를 패대는 나무꾼들로 인해 딕스는 진정 죽을 맛이다.

전날 안소니 국왕과의 술자리에서도 그는 대취했고 숙취로 크게 고생했다.

그때 딕스는 결심했었다.

두 번 다시 술은 입에도 대지 않겠노라.

한데 상황이 어찌 꼬이다 보니 술을 마시게 되었다.

이렇게 보면 인생은 꼭 절대란 단어를 쓰면 안 되지 않을까 싶었다.

'사회생활 하다 보면 내가 싫어도 술 마실 때가 또 생길지 몰라. 아무래도 이 분야도 내가 연구해 봐야겠어.'

물과 알코올을 분리하면 술은 더 이상 문제아가 되지 않을 것이다.

딕스는 체력과 정신을 회복한 뒤 필히 이를 연구해 두 번 다시 술로 인한 고생은 하지 않겠노라 굳게 다짐했다.

그러나 그 다짐보다 지금 급한 건 화장실이다.

딕스는 입을 틀어막고 죽을힘을 다해 화장실로 뛰어갔다.

문은 이미 열어둔 상태다.

"우에에에엑, 우웩!"

변기통에 머리를 처박고 울어대는(?) 소년.

그 모습이 안쓰러웠을까? 룩센이 다가와선 그의 등을 두드려 준다.

발로.

퍽퍽퍽.

"그, 그만해!"

"멍청한 놈."

"귀에 딱지 앉겠다! 이 자식아!"

"까분다."

"앗! 미, 미안……."

"너, 앞으로 술 마시지 마라."

"나도 그러고 싶어. 하지만 인간이란 앞날을 모르는 거잖아."

퍽퍽퍽.

"그, 그만 밟아. 내장까지 토하겠어. 그런데 내가 어제 실수한 거 없었어? 기억이… 하나도 안 나네."

룩센은 한참을 침묵했다.

위액도 말라 버렸는지 헛구역질만 반복하는 딕스다.

곧 변기통 옆에 물먹은 솜처럼 축 처져서 제 배를 문지른다.

위액을 역류시킨 덕분에 그의 속은 쇠스랑으로 긁은 듯 큰 쓰림에 시달리고 있었다.

뭐라도 먹으면 좋겠지만 냄새나는 것은 그게 뭐든 무조건 싫었다.

물은 괜찮겠다 싶어 마셨더니 물도 입으로 들어가는 거라고 입으로 도로 튀어나왔다.

정말이지 딕스와 술은 전생에 원수였음이 분명하리라.

"넌 어제… 저질이었다."

간단명료하게 룩센이 정리했다.

그 말에 딕스는 충격을 받았다.

저질… 이라니! 다른 사람도 아닌 괴상망측한 취향을 가진 녀석에게 그런 소리를 듣다니.

딕스는 술이 자신의 이미지를 엄청 깎아먹었다고 생각했다.

머리통이 더 지끈거리는 딕스다.

몸도 괴롭고 마음도 괴롭다.

크게 좌절한 딕스는 침대를 향해 네 발로 기어갔다.

그 옆에서 룩센이 묵묵히 걷다가 그가 침대로 올라가 뻗어 버리자 한마디 한다.

"여자 조심해라."

"……?"

"너, 치마만 두르면 다 여신이라고 찬양하더라."

쿠우우우우─웅!

딕스의 뒤통수로 태산이 떨어진다.

이 충격이 간밤의 기억을 놀랍게 생생하게 되살린다.

"루, 룩센, 나… 가난해. 그것만 알아줘."

"자랑이다."

"끙, 그나저나 왠지 널 보니 전우애 같은 감정이 막 생기네. 이래서 어색한 남자들이 만나면 먼저 술을 마시나 보다."

룩센은 잠시 침묵하더니 특유의 무미건조한 음성으로 낮게, 마치 속삭이듯 그에게 말했다.

딕스에게 룩센의 목소리는 충격적인 속삭임이었다.

천하장사도 무력하게 만드는 술기운을 단 한 번에 날려 버릴 만큼 룩센의 멘트는 강력했다.

"아직 돈 남아 있다."

딕스는 자신의 속을 훤히 들여다보고 대답한 룩센으로 인해 소름이 돋았다.

저 말은 언제든 자신의 돈을 필요하면 항시 가져가겠다는 뜻 아닌가.

자신이 무슨 은행도 아니고.

'저 시키… 돈 떨어지면 또 삥 뜯겠다는 거잖아!'

삥 뜯기는 5서클 마법사라니… 어디다 하소연도 할 수 없다.

왜? 너무 쪽팔려서.

입이 열 개라도 할 말은 없다.

하나 여기서 룩셴의 말을 인정해 버리면 진짜 나중에 삥 뜯길 수 있다.

"술 취하면 개라는 말이 있던데. 어제 내가 딱 그랬어. 이해해라."

"주제 파악은 잘하는군."

"그, 그래… 내가 내 주제는 잘 알아. 휴우."

노래진 딕스의 얼굴 근육이 웃음이란 걸 만들어내기 위해 노력한다.

그 노력은 얼굴의 파들거림으로 표현될 뿐이다.

근육도 취기에서 아직 빠져나오지 못한 탓이다.

"흠, 뮬 공국은 미성년자도 군대 가나 보군."

"뭐?"

"네가 전우애를 언급했잖아."

"치매냐?"

"아닌가? 상관없지."

허탈한 표정으로 룩셴을 쳐다보던 딕스의 두 눈에 갑자기 생기가 감돈다.

군대란 어떤 곳인가.

남자들의 집단 합숙소다.

만일 룩셴의 성적 취향이 남자라면 그에게 그곳은 꿀단지가 아니겠는가.

이참에 녀석을 군대에 보내는 것도.

'나만 아니면 돼!'

가끔 지나치게 이기적이 되는 딕스였다.

본성은 착한데.

"넌 군대 갔다 왔어?"

건강한 남자는 군역 면제권을 사지 않는 한 군대는 필히 가야 한다.

국왕 직영지의 백성은 중앙군, 영지민이면 영지군에 삼 년을 복무하게 되어 있다.

대륙의 모든 나라가 그렇다.

중앙 정부와 지방 정부는 이 군역 면제권을 팔아 세수를 충당하기도 한다.

이 외에 면제되는 경우도 더러 있지만 일반 가정의 아들들은 꿈도 꿀 수 없다.

참고로 딕스는 군 면제 대상자고 이를 거절할 생각도 없었다.

"난 레인저 부대 출신이다."

레인저란 특수 훈련을 받은 유격대원을 뜻한다.

이들은 정규군에서도 최정예로 꼽힌다.

이는 어느 나라나 마찬가지다.

딕스는 룩센이 바로 그 공포의 레인저 부대 출신이란 소리에 깜짝 놀랐다.

"대, 대단하구나. 거기 훈련 엄청 빡세다던데."

"보람은 있었다."

군대 얘기를 꺼내자 룩셴의 음성이 갑자기 온화해졌다고 느끼는 딕스다.

'저 시키, 술과 돈과 군대 얘기를 좋아하는구나!'

드디어 룩셴에 대해 한 가지 정보를 더 얻어낸 딕스다.

그러나 여기에 하나가 빠져 있다.

룩셴은… 딕스도 좋아한다는 사실을 말이다.

그런데 정작 딕스 본인만 이를 모른다.

아니, 정확하게 말하면 부정하고 있었다.

"거기 '멋진' 남자들 많지?"

가장 하고 싶었던, 그리고 가장 궁금하게 여겼던 질문을 드디어 딕스는 조심스럽게 한다.

룩셴이 침묵했다.

그의 침묵은 꽤 오랫동안 계속됐다.

딕스는 그 시간이 몹시 길게 느껴졌다.

저 후드 안의 룩셴의 얼굴을 볼 수 있다면 그가 지금부터 할 대답에 대한 힌트를 알 수 있을 텐데.

저 후드가 몹시 못마땅한 딕스였다.

딕스의 기다림이 막을 내렸다.

고대하고 고대했던 룩셴의 취향에 대한 대답이 지금 떨어졌다.

"딕스, 너… 양성애자냐?"

이 말이 끝나는 순간 룩센의 신형은 저만치 떨어진 창가 턱에 올라가 있다.

경계의 몸짓을 내보이며.

룩센에게 자신의 취향을 의심받은 현실이 몹시 불쾌한 딕스였다.

하지만 녀석의 지금 태도를 통해서 딕스는 알 수 있었다.

놈은 그 방면(?)으로 관심이 없다는 것을.

왠지 엄청난 사기를 당한 기분에 순간 빠져든 딕스다.

그때 룩센의 차분한 목소리가 딕스의 귓전을 때린다.

"불났군."

콜리튼 시의 서쪽 지역에 대규모 화재가 발생했다.

이곳은 서민들의 주거지가 밀집된 곳으로, 부모가 직장에 나가면 대부분의 아이는 하루 종일 집 안에 갇혀 지낸다.

새벽녘에 출근하는 가난한 젊은 부부들이 아이들의 안전과 도둑을 걱정해 밖에서 문을 잠그기 때문이다.

한데 이런 지역에 불이 나버렸다.

지금 시간은 오후 2시 30분.

닭장에 갇혀 하루 종일 부모를 기다리는 어린아이들이 많은 이곳에 너무도 끔찍한 재앙이 떨어졌다.

좁은 골목길과 가파른 위치에 집들이 다닥다닥 붙어 있다.

그러다 보니 화재를 진압하는 데 큰 어려움을 소방대가 겪고 있었다.

파팟!

화재 현장을 순식간에 다녀온 룩센이 다짜고짜 딕스를 들쳐 멨다.

그렇게 룩센에게 보쌈(?)당한 딕스는 탄식과 울음이 뒤섞인 혼란한 장내에 떨어지듯 등장했다.

"뭐, 뭐야? 여긴 왜? 우욱, 제길!"

"불 꺼라."

룩센은 의외로 정의감이 많다.

전염병이 창궐한 바릴레아 마을 역시 룩센이 아니었다면 딕스는 쳐다보지도 않았을 것이다.

숙취로 인해 밤새 고생해 몸조차 가누지 못하는 딕스에게 이곳은 끔찍한 재앙의 근원지다.

여러 가지 인화물이 타면서 발생한 진한 농도의 갖가지 냄새가 딕스를 크게 괴롭혔다.

자고로 제 손에 박힌 가시가 남의 심장에 박힌 창보다 더 아픈 법이다.

정신을 차리지 못한 딕스를 룩센이 재촉한다.

사람들의 탄식과 공포에 질린 아이들의 비명, 그리고 근처에서 일하던 부모들이 달려와 울고불고하는 통에 주변은 무척이나 혼란하고 소란스러웠다.

"물이 없어. 우물. 여기 우물이 어디야?"

"펌프기가 아직 도착하지 않았습니다."

"미친 새꺄, 지금 저 비명이 안 들려? 펌프기 기다릴 상황이 아니야. 몸으로 뛰어!"

소방대의 책임자가 부하를 닦달했다.

이곳 주민들은 벌써 물통을 구해다 물을 길어 오는 중이다.

급하게 뛰어오다 보니 물통의 물은 삼분의 일도 남아 있지 않았다.

불길은 산처럼 크고 높아졌다.

하늘에서 비를 내려주지 않는 한 진화는 어려울 듯했다.

저 불길 속에서 살려달라 애원하는 아이들의 음성이 점점 작아지고 있었다.

"오, 안 돼! 안 돼! 미리아~"

도심 공사장에서 잡부로 일하던 젊은 남자가 먼지 가득한 작업복 차림으로 이곳에 나타났다.

그는 불길 속으로 무작정 뛰어들려 했고 주변 사람들이 그를 뜯어말렸다.

"들어가면 안 돼! 죽으려고 그래?"

"진정하세요. 지금 저기 들어가면 죽어요!"

"놔! 놓으란 말이야! 저기 내 딸이 있어. 내 어린 딸이 날 기다리고 있다고. 오늘이 내 딸 생일이야. 내 딸이 먹고 싶다던

통닭을 사주기로 했단 말이야. 내 딸… 한 번도 먹여보지 못한 통닭을… 부탁입니다. 제발 놓아주세요. 한 번이라도… 한 번이라도 내 딸에게 통닭 좀 먹여보게 이것 좀… 이것 좀 놔줘. 으헝엉엉엉."

젊은 아버지는 몸부림치다 힘이 빠진 듯 제자리에 주저앉아서는 목 놓아 울어댔다.

그의 사정이 안타까웠지만 그를 죽게 할 수 없었던 사람들은 더욱더 그를 꽉 붙잡고 뒤로 끌어당겼다.

"아아아~ 레이… 레이!"

화재를 보거나 소식을 들은 이 지역의 주민들이 헐레벌떡 달려왔다.

사람들은 저마다 제 아이들의 이름을 목 놓아 부르며 불나방처럼 불길 속으로 뛰어들려 했다.

소방대와 치안대원들이 충격과 슬픔 속에 빠져든 이들을 저지하느라 무진 애를 먹었다.

화재는 이제 사람의 힘으로 어찌할 수 없는 수준에 이르렀다.

두려움과 고통에 찢어지는 아이들의 육신은 재로, 그 영혼은 시커먼 연기처럼 저 하늘로 올라가 버릴 것 같다.

딕스는 속이 뒤집어졌고 머리는 쪼개질 듯 아팠다.

5서클 물의 마법사!

마법사의 상징인 골렘.

전장에서 적들을 가장 두렵게 만드는 최강의 병기.

그렇지만 이곳에선 누군가의 생명을 살리고 또 누군가에 겐 평생 멍울이 될 슬픔을 없애는 고마운 존재가 될 것이다.

"시리우스!"

마법은 마법사의 정신과 상태에 크게 좌우된다.

딕스의 현재 상태는 마법을 쓰기 어려운 상태였다.

이런 최악의 조건에선 그 어떤 마법사라도 골렘 소환을 실패한다.

딕스 역시 여러 번 실패했다.

주변에선 그를 이상하게 보았다.

그를 정신이 나간 놈으로 취급했다.

주변에는 그를 제외하고도 절망과 실의에 빠져서 넋을 놓은 이들이 많았다.

"우웩!"

딕스는 다시 위액을 토했다.

사람들이 눈살을 찌푸리며 나무라는 눈으로 그를 보았다.

어떤 이는 막말을 하기도 했다.

"헉헉… 시, 시리우스 나와라!"

그렇게 주변에서 불편한 시선과 막말을 들어가던 딕스는 끝내 시리우스를 소환하고야 말았다.

딕스의 정신력은 이 순간 다 타버린 양초처럼 녹아 있었다.

사방에서 골렘 시리우스를 보며 경악했다.

곱지 않던 시선으로 딕스를 보았던 사람들은 이제 하나같이 놀라 제 입을 급히 손으로 눌렀다.

"꺼… 불을 꺼라, 시리우스. 우웩!"

딕스의 명령이 떨어지자 시리우스는 곧장 불길 속으로 몸을 던졌다.

여기저기서 감탄이 터져 나왔다.

마법사에 대해서, 그리고 골렘에 대해 많이 들었지만 실제 마법사와 골렘을 본 사람은 극히 드물다.

한데 이곳에 그 고귀한 존재가 모습을 드러냈고 불행에 직면한 자들을 위해 힘을 쓰고 있었다.

'미리아라고 했지? 저 남자의 딸애가… 무사했으면…….'

딕스의 친누나 이름이 미리아다. 저 남자가 자신의 딸아이의 이름을 불렀을 때 순간 딕스는 뒤통수를 맞는 느낌을 받았다.

거칠 것 없이 질주하던 화재는 시리우스의 등장 이후 급격히 그 기세가 줄어들었다.

역시 5서클 골렘의 위력은 참으로 막강했다.

"와아아아ー! 불이 꺼진다. 진화되고 있어!"

"마법사님 만세! 만세! 마법사님 만세!"

사람들의 열광이 딕스를 향했다. 하지만 지금의 딕스는 그 소리가 귀에 들어오지 않았다.

시리우스가 불길을 잡기 위해 이리저리 뛰어다닌다면 딕스는 토악질을 하지 않기 위해 사력을 다하고 있었다.

'망할… 술!'

『딕스전기』 7권에 계속…

이 시대를 선도하는 이북 사이트

이젠북

www.ezenbook.co.kr

더욱 막강해진 라인업!
최강의 작가들이 보이는 최고의 재미.

이들의 "유료연재"가 시작됩니다!

김재한『성운을 먹는 자』　　　태제『태왕기 현왕전』
홍정훈『월야환담 광월야』　　　전진검『퍼팩트 로드』
이지환『어린황후』　　　　　　방태산『완벽한 인생』
좌백『천마군림 2부』　　　　　왕후장상『전혁』
김정률『아나크레온』　　　　　설경구『게임볼』

검색창에 **이젠북** 을 쳐보세요! ▼ Q

북검전기
우각 新무협 판타지 소설
2014년의 대미를 장식할,
작가 우각의 신작!
『십전제』, 『환영무인』, 『파멸왕』…
그리고,
『북검전기』
무협, 그 극한의 재미를 돌파했다.
북천문의 마지막 후예, 진무원.
무너진 하늘 아래 홀로 서고, 거친 바람 아래 몸을 숙였다.
살기 위해! 철저히 자신을 숨기고
약하기에! 잃을 수밖에 없었다.
심장이 두근거리는 강렬한 무(武)!
그 걷잡을 수 없는 마력이,
북검의 손 아래 펼쳐진다!
Book Publishing CHUNGEORAM
유행이 아닌 자유추구 -
WWW.chungeoram.com

데일리 히어로

FUSION FANTASTIC STORY

인기영 장편 소설

지금까지 이런 영웅은 없었다!

『데일리 히어로』

꿈과 이상을 가진 평.범.한. 고딩 유지웅.
하지만……
현실은 '빵 셔틀'일 뿐.

그러던 어느 날, 유지웅의 앞에 나타난 고양이.
그(?)로 인해 모든 것이 바뀌었다.

선행! 선행! 그리고 또 선행!

데일리 히어로 유지웅의 선행 쌓기 프로젝트!

Book Publishing CHUNGEORAM

유행이 아닌 자유추구 -
WWW.chungeoram.com

절정고수들이 하늘 높은 줄 모르고 질주하는 현 세상.
서른여덟 개의 세력이 서로를 견제하는 혼돈의 시대.
그 일촉즉발의 무림 속에
첫 발을 디딘 어린 소년.
"나는 네가 점창의 별이 되기를 원한다."
사부와의 약속을 지키고
난세로 빠져드는 천하를 구하기 위해
작은 손이 검을 들었다!
박선우 新무협 판타지 소설
FANTASTIC ORIENTAL HE
풍운사일
Book Publishing CHUNGEORAM
유행이 아닌 자유추구 -
www.chungeoram.com

용마검전
FANTASY FRONTIER SPIRIT
김재한 판타지 장편 소설

「폭염의 용제」, 「성운을 먹는 자」의 작가 김재한!
또다시 새로운 신화를 완성하다!

『용마검전』

사악한 용마족의 왕 아테인을 쓰러뜨리고
용마전쟁을 끝낸 용사 아젤!

그러나 그 대가로 받은 것은 죽음에 이르는 저주.
아젤은 저주를 풀기 위해 기나긴 잠에 빠져든다.

그로부터 220년 후……

긴 잠에서 깨어난 아젤이 본 것은
인간과 용마족이 더불어 살아가는 새로운 세상이었다.

Book Publishing CHUNGEORAM

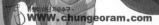

유통이 아닌 자유추구
WWW.chungeoram.com

허담 新무협 판타지 소설

FANTASTIC ORIENTAL HEROES

검은별

하늘아래 모든 곳에 있고,
결코 사라지지 않는다.

세상은 그들을 멸시하지만,
세상의 모든 야망가가 은밀히 거래한다.

선과 악이 어우러지고,
어둠과 밝음이 서로를 의지하듯
세상의 빛 그 아래 존재하는 자들.

무수한 별이 빛을 잃어 어둠을 먹고사는
검은 별이 되어 살아가는,
그리하여 세상 모든 사람이 두려워하는…

그들은 유령문이다!

Book Publishing CHUNGEORAM

유행이 아닌 자유추구 -
WWW.chungeoram.com

연재 사이트 베스트 1위!
어디에서도 볼 수 없었던 천재 의사가 온다!

『메디컬 환생』

언제나 실패만 거듭해 온 의사 진현,
그런 그에게 찾아온 인연의 끈이 있었으니.

"다시 삶을 살면… 어떤 삶을 살고 싶으신가요?"

다시 한 번 주어진 인생
이번엔 반드시 성공하리라!